Serie de los dos siglos

DIRECTORES
Sylvia Saítta y José Luis de Diego

COMITÉ ASESOR
Beatriz Sarlo, Jorge Lafforgue y Luis Alberto Romero

CÉSAR AIRA
EMA, LA CAUTIVA

CÉSAR **AIRA**

EMA, LA CAUTIVA

PRÓLOGO DE SANDRA **CONTRERAS**

Aira, César
 Ema, la cautiva. - 1a ed. - Buenos Aires : Eudeba, 2011.
 200 p. ; 20x14 cm. - (Serie de los Dos Siglos / Sylvia Saítta)

 ISBN 978-950-23-1798-4

 1. Literatura Argentina. I. Título
 CDD A860

Eudeba
Universidad de Buenos Aires

Primera edición: abril de 2011

© 2011
Editorial Universitaria de Buenos Aires
Sociedad de Economía Mixta
Av. Rivadavia 1571/73 (1033) Ciudad de Buenos Aires
Tel.: 4383-8025 / Fax: 4383-2202
www.eudeba.com.ar

Arte de tapa: Depeapá Contenidos Editoriales
Dibujo de tapa: Huadi
Diseño de tapa: Silvina Viola
Composición general: Eudeba

Impreso en Argentina.
Hecho el depósito que establece la ley 11.723

LA FOTOCOPIA
MATA AL LIBRO
Y ES UN DELITO

No se permite la reproducción total o parcial de este libro, ni su almacenamiento en un sistema informático, ni su transmisión en cualquier forma o por cualquier medio, electrónico, mecánico, fotocopia u otros métodos, sin el permiso previo del editor.

PRÓLOGO

Sandra Contreras

No sólo porque es la primera novela que publica sino también porque contiene, al modo de una protocombinatoria, los motivos, los personajes, los mecanismos que darán forma a la obra por venir, *Ema, la cautiva* tiene –y sigue exhibiendo, a treinta años de su primera edición en octubre de 1981– toda la intensidad de ese momento único que es, para decirlo con el mismo César Aira, la primera vez de la invención: ni ensayo preliminar ni borrador de los comienzos, sino explosión liberada en ese instante en que cristaliza la apuesta de vida del escritor y, con ella, el nacimiento de un mundo, por completo nuevo. Están allí la apuesta radical por un arte general de la invención, el lema airiano de aquí en más irrenunciable: "la invención al máximo de su potencia"; las formas que se da ese imperativo (la vuelta al y del relato en las más variadas versiones del viaje, la aventura, la fábula, el mito); la atmósfera de frivolidad y el aire de melancolía, y también el arte de la conversación, en que se envuelve desde el comienzo la opción por el Arte como potencia superior del Pensamiento y de la Vida; el trastrocamiento de las perspectivas que termina por hacer visible esa singular arquitectura de planos superpuestos y trayectorias envolventes, que teñirá de extrañeza las geografías argentinas (las más próximas, las barriales, las turísticas, pero también las nacionales que vienen con la tradición). Y están, sobre todo, los métodos, los procedimientos, las acciones proliferantes, junto con la puesta en marcha de una pulsión de supervivencia como mecanismo medular de este universo. De aquí en más no habrá, prácticamente, historias cuyo objeto último no sea, de uno u otro modo, sino un método o un deseo de supervivencia (cómo recuperar la juventud, cómo sobrevivir a la catástrofe, a la muerte o al fin del mundo, cómo empezar o volver a vivir), que es la forma en que la literatura de Aira traduce la pregunta que toda su operación formula, con impulso vanguardista, en las lindes del siglo: cómo seguir haciendo arte cuando el arte ya estaba hecho. Es cierto que, según la lógica de las fechas que Aira consigna puntualmente en el final de cada historia y con las que ha ido desplegando, a lo largo de estas décadas, una suerte de "diario" de escritor en sucesivas entregas, hay dos relatos que, aunque publicados después, fueron escritos previamente a *Ema, la cautiva* (*Las ovejas*, en 1971, y *Moreira*, en 1972) y que esos dos relatos, bajo la forma, uno, de la supervivencia de la especie en medio del cataclismo natural y, otro, de la supervivencia mítica del héroe, contienen ese germen —ese átomo, deberíamos decir, para una literatura en la que todo es genético y nuclear— que será, siempre y en las más variadas formas, la materia del relato. Pero si *Ema, la cautiva* es, en rigor, el punto de inflexión del *big bang* airiano, es porque allí la pulsión de supervivencia se articula, por primera vez, y en las "condiciones irreales" del desierto argentino del siglo XIX, con esos dos núcleos centrales que darán materia y forma a las historias: el procedimiento —la experimentación con el procedimiento—; y la acción: la urgencia —de los personajes, del relato— por pasar a la acción. Experimentación genética y experimentación económica, he aquí los dos métodos con los que la pequeña Ema y el fantasmal Coronel Espina, la pareja mítica e inaugural del universo airiano, ponen en marcha la Acción como un impulso de continuo que aquí es siempre impulso de continua transfiguración. Que estos dos experimentos acontezcan, cada uno, bajo la forma de una fundación (la fundación de un criadero de faisanes, la fundación de un Fuerte en la línea de fronteras), y en Pringles, esto es, en el lugar de nacimiento del escritor, naturalmente lo tiñe todo, en *Ema, la cautiva*, de acto fundacional. Por lo demás, que esos actos fundacionales tengan lugar en el primer libro que, por los caminos aleatorios del azar, publica el escritor dice mucho de una literatura que hace de la publicación, esto es, del acto mismo de publicar, parte esencial de una obra que no sólo se define como proliferación del relato sino también –mejor: ante todo– como acción, operación, performance.¹ Pero esa explosión creadora tuvo, a su vez, otros dos preludios, que conviene repasar para reponer su contexto de emergencia. Dos meses antes, en agosto de 1981, Aira había publicado en el número 51 de la revista *Vigencia* (de la misma Universidad de Belgrano que publicó *Ema, la cautiva*), un artículo titulado "Narrativa argentina: nada más que una idea", en el que se ocupaba de hacer el diagnóstico de la novela argentina de esos años como "una especie raquítica y malograda", empobrecida por "el mal uso, el uso oportunista, en bruto, del material mítico-social disponible, es decir, de los sentidos sobre los que vive una sociedad en un momento histórico dado". Aira trazaba allí un panorama que iba desde *Como en la guerra* (1977) de Luisa Valenzuela hasta *Respiración artificial* (1980) de Ricardo Piglia, pasando, entre otras, por *Flores robadas en los jardines de Quilmes* (1980) de Jorge Asís y *Copyright* (1979) de J. C. Martini Real, para precisar, en un alarde de despliegue crítico tan lúcido como desafiante, las fallas de composición que, aún cuando su objetivo fuera "transponer literariamente la realidad", volvían a cada una de estas novelas "inverosímiles" (Aira no usa ese término aunque podemos presuponerlo), pero sobre todo para denostar la falta absoluta de invención que una y otra vez pretendía excusarse, validarse, en esa moralidad histórica, política, social. Casi como el Borges de los años cuarenta cuando en su reseña de *Las ratas* (1943) de José Bianco hacía un diagnóstico de la novela argentina contemporánea para impugnarla como una

---

1. En rigor, y según el pie de imprenta que figura en su primera edición en la editorial Achával Solo, *Moreira* debió publicarse en 1975, pero un problema con las tapas y la encuadernación hizo que terminara apareciendo después de la publicación de *Ema, la cautiva*. *La vida nueva* (2007) convierte el episodio en la magnífica fábula que, en el envés de la paradoja de Aquiles y la tortuga, revierte el pliegue del tiempo sobre la naturaleza del objeto: los lapsos entre la inminente publicación y el accidente que la posterga (siempre un accidente material en el proceso de producción: corrección de galeras, diseño de portada, impresión de portada, método y material para el pegado, embalaje) son cada vez mayores, cada vez más laxos, y el juego creciente de anticipaciones y demoras deja al libro –para decirlo con Duchamp– definitivamente inacabado, suspendido en el hueco temporal de la no materialización.

"especie abatida" por el "melancólico influjo, por la mera verosimilitud sin invención de los Payró y los Gálvez",[2] el joven César Aira afirmaba: "La transposición literaria de una realidad exige la presencia de una pasión muy precisa: la de la literatura". Y el signo de esa pasión era, para Aira, el talento para la invención. Se trataba, desde luego, de la entrada en escena de las fuerzas, de la irrupción vanguardista de los comienzos, esto es, de la creación del contexto que el escritor venía a reducir a la nada. No todo, sin embargo, era desafío y provocación juveniles. La nota se cerraba con la remisión a Manuel Puig, Juan José Saer, Nicolás Peyceré y Osvaldo Lamborghini como a los únicos "buenos novelistas", que maduraban lejos del país que los había expulsado o que se reservaban en el secreto o en el silencio (Lamborghini y Puig serán dos de sus maestros amados), y terminaba diciendo: "Por lo demás, sólo queda esperar". Y en efecto, *Ema, la cautiva* fue la ficción con la que Aira respondía, dos meses más tarde, a lo que entendía como la pobreza de la producción novelística de su presente. A la demolición, le seguía la acción: la afirmación de una potencia absoluta y autónoma de la invención como impulso inicial, e inmediato, del relato.

El otro preludio fue la contratapa misma de la novela (todas las novelas de la colección llevaban una contratapa firmada por el autor) que vale la pena reproducir aquí para quienes lean por primera vez *Ema, la cautiva* en la presente edición. Decía así:

> Ameno lector: hay que ser pringlense, y pertenecer al Comité del Significante, para saber que una contratapa es una "tapa en contra". Sin ir más lejos, yo lo sé. Pero por alguna razón me veo frívolamente obligado a contarte cómo se me ocurrió esta historiola. La ocasión es propicia para las confidencias: una linda mañana de primavera, en el Pumper Nic de Flores, donde suelo venir a pensar. Tomasito (dos años) juega entre las mesas colmadas de colegiales de incógnito. Reina la desocupación, el tiempo sobra.

---

2. "José Bianco: *Las ratas*", *Sur*, n° 111, Buenos Aires, enero de 1944.

Prólogo

Hace unos años yo era muy pobre, y ganaba para analista y vacaciones traduciendo, gracias a la bondad de un editor amigo, largas novelas de esas llamadas "góticas", odiseas de mujeres, ya inglesas, ya californianas, que trasladan sus morondangas de siempre por mares himenópticos, mares de té pasional. Las disfrutaba, por supuesto, pero con la práctica llegué a sentir que había demasiadas pasiones, y que cada una anulaba a las demás como un desodorizante de ambientes. Fue todo pensarlo y concebir la idea, atlética si las hay, de escribir una "gótica" simplificada. Manos a la obra. Soy de decisiones imaginarias rápidas. El Eterno Retorno fue mi recurso. Abjuré del Ser: me volví Sei Shonagon, Scherezada, más los animales. Durante varias semanas me distraje. Sudé un poco. Me reí. Y al terminar resultó que Ema, mi pequeña yo mismo, había creado una pasión nueva, por la que pueden cambiarse todas las otras como el dinero se cambia por todas las cosas: la Indiferencia. ¿Qué más pedir?

En el umbral del ocio, del tiempo que sobra, pero también del imperativo frívolo y de la pasión superior de la Indiferencia, Aira monta, desde su centro de operaciones que es el Pumper Nic de Flores, el escenario en el que pone a actuar su maquinaria: un desafío artístico que demandará toda la tenacidad de un atleta para realizarlo; una decisión imaginaria rápida: *de inmediato*, la creación de una historia; y una disposición absoluta para la total transformación. Es la fábula de origen en la que Aira cifraba, apenas entraba en la literatura argentina, su poética del arte como pura acción: acción intempestiva que, desconociendo por completo sus alcances, quiere ir hasta el final de lo que puede y a la que tanto el desenfreno del continuo como la inmediatez de la irrupción le son inherentes. Que en 1981, cuando el contexto nefasto de la dictadura militar imantaba con fuerza proyectos narrativos que, como *Nadie nada nunca* (1980) de Juan José Saer o *Respiración artificial* de Ricardo Piglia, experimentaban con formas interrogativas y conjeturales con las que ejercer, indirectamente, una crítica a la violencia del presente, la apuesta de Aira por la pasión de la literatura y el despliegue de su frenesí inventivo vinieran moldeados en una ética de la frivolidad y de la Indiferencia (y no podría pasarse por alto el hecho de que la novela está fechada en octubre de 1978, exactamente a cien años del decreto que encomienda al General Roca la Conquista del Desierto y el exterminio), puede dar la pauta del desacomodo que su literatura supuso desde el comienzo en relación con los protocolos de lectura vigentes, pero también de la dimensión de un proyecto que se proponía una tarea tan grande, y tan invisible tal vez (tuvieron que pasar los años para que la contundencia y la radicalidad de su desmesura se volvieran evidentes, demoledoramente evidentes) como es la de operar, secreta, y escandalosamente también, un cambio completo en la percepción estética: de lo que en la literatura argentina es –era– la percepción estética.[3]

Pero éstos son los preliminares, las coordenadas del teatro de emergencia. Y es evidente que *Ema, la cautiva* fue –y es– mucho más que lo que unas intervenciones institucionalmente vanguardistas podían anunciar como programa. ¿Y en qué consistió, formalmente, esa explosión? En primer lugar, y tratándose de una literatura que se dio de entrada como lema una estricta ética de la invención, no podría dejar de observarse que Aira empieza por convocar y volver a contar (¿por reescribir?) una historia que viene con la tradición (el "cuento de la cautiva" que tiene su corpus clásico en la literatura de la conquista, con la leyenda de Lucía Miranda como relato emblemático, y su paradigma nacional en *La cautiva* de Esteban Echeverría), y que lo hace, además, en la forma de esa convención narrativa que, desde el nacimiento mismo de la literatura argentina, es el viaje por la pampa: el cruce a ese espacio nacional por excelencia que es el desierto del siglo XIX habitado por el Otro –gauchos, bárbaros, cautivas, y, todavía más allá, el Indio, el Salvaje– según lo

---

3. En "Increíbles aventuras de una nieta de la cautiva" un pionero artículo publicado en el nº 14 de la revista *Punto de Vista*, en julio de 1982, María Teresa Gramuglio subrayaba, y celebraba, el recurso extremo a la fantasía, el humor y el extrañamiento con los que *Ema, la cautiva* lograba liberar un discurso con el que romper con la verosimilitud, como "conquista frente a las limitaciones de la representación y la servidumbre del referente", al mismo tiempo que advertía sobre los límites que podía encontrar ese arte en la "parcialidad de un gesto" que hacía de la "exacerbación inventiva" (y el riesgo residía, claramente, en esa "exacerbación") la clave de su apuesta estética frente a otras coexistentes y posibles.

escriben, desde el lado de la Civilización, militares, poetas, pintores, científicos y viajeros extranjeros. ¿Podía obstar esto para que la peripecia de la invención se pusiera a andar? El despliegue de la historia de *Ema, la cautiva* indica claramente que no, y que la opción originaria del artista en todo caso fue: nada que inventar, porque todo viene con la tradición, y por eso mismo, el mejor terreno, para el escritor, para inventarlo todo.

A primera vista, el movimiento más notorio de ese despliegue fue hacer avanzar todavía más, llevar al extremo, la reinvención del desierto que Lucio V. Mansilla había logrado con *Una excursión a los indios ranqueles* (1870). Conectada con la sensibilidad imaginaria de ese coronel dandy y afrancesado que, en su aventura militar, transfigura a la pampa en un espacio apto, casi ideal, para experimentar el placer de los viajes y que, internándose en los recintos vedados de las tribus ranquelinas, convierte al mundo indígena en un mundo de etiqueta y de artificio, *Ema, la cautiva* satura a ese universo, tanto el de la frontera como el de los territorios salvajes, con todos los signos de la hipercivilización. Están aquí las delicias de una amplia y variada gastronomía (la tortilla de avestruz que el "tourist" cosmopolita saborea en Nagüel Mapo y los suculentos y sabrosísimos almuerzos con el que continuamente lo invitan en los toldos se convierten en el encanto de esos desayunos colmados de tazones humeantes, budines, barras de cacao, caracoles hervidos con hierbas, y cestas con ciruelas, fresas y melones silvestres, o de esas cenas en las que la carne blanda de una pintada puede rociarse con cucharadas de salsa y coñac y degustarse con champagne); están los interiores sobrecargados de mobiliarios y dependencias (los toldos de los caciques ranquelinos con su distribución en habitaciones y enramadas-galerías se convierten en un fortín con cuartos alfombrados y recargados de objetos antiguos donde los militares duermen en sábanas de seda o en el damasco de los sofás; en el rancho de un soldado con "sillas rojas enanas, una buganvilla de tiesto azul, y una hilera de garzas disecadas"; o en los "palacios reales" de la corte de Catriel, esas "mansiones" hechas de sedas y papeles de todos los colores, con laberínticos pabellones y dependencias y hasta jardines en miniatura); están los cuerpos indígenas resplandecientes en "torneos de elegancia" (la belleza y la coquetería que Mansilla puede percibir en chinas "bonitas" y hasta "magníficas", pero también su "pasión por las capas", se transforma aquí en la suprema elegancia que corona los movimientos y los gestos refinadísimos de unos cuerpos sólidos e imponentes, tan exuberantes en signos de riqueza como atentos a los últimos dictados de la moda). Pero si *Ema, la cautiva* va mucho más lejos hasta casi dar la vuelta a la *Excursión*, ello se debe no sólo a que su objetivo no es, en absoluto, relativizar a cada paso la dicotomía civilización-barbarie (digamos que el capítulo introductorio liquida bastante rápidamente, ante la mirada azorada del ingeniero francés, la opresión y la crueldad contenidas en la civilización avanzando sobre el desierto), sino a que la disposición hedónica para el ocio, que define toda la atmósfera de la novela apenas se aparta de la órbita de la ley para instalarse en Pringles, se exhibe como signo de un mundo de refinamiento sobrehumano en el que todo es lujo y excedente. También porque el cultivo artificial de la indiferencia es signo, en el mundo indígena, de un "valor supremo" para mirar de frente a la frivolidad y disponerse al Arte como "fin último de la manía melancólica": ya no se trata solamente, entonces, del placer de dormir en las arenas de la pampa que la extravagancia de Mansilla no cambia por nada, sino, por ejemplo, de hacer una excursión con un amante indio a un recinto de nieve rodeado por cipreses, y pasar el tiempo jugando a los dados, pintando miniaturas, y ejecutando música con arpas triangulares, émbolos, pequeñas trompetas de corteza y flautas de treinta y seis clavijas.

Como se ve, nada, ni en las peripecias de la historia, ni en el tono ni en la atmósfera del relato, podría hacernos pensar, ni por un segundo, en el poema de Echeverría. A menos que nos sintamos forzados a reconocer los desvíos e inversiones en relación con los estereotipos de la serie sólo porque el tópico de "la cautiva" define al personaje (y es interesante observar que uno de esos principales desvíos está dado no por las diferencias, tan evidentes, con la heroína trágica y romántica o con la víctima sufriente del canto IX de *La vuelta de Martín Fierro*, sino por el hecho de que el cautiverio de Ema dura sólo dos años y apenas tres capítulos en la novela, como quien dice, apenas "una temporada entre los indios"), a menos –decía– que nos sintamos obligados a precisar las operaciones de deconstrucción de los estereotipos de la serie, podríamos olvidar, sin mayores consecuencias para la lectura, *La cautiva* de Echeverría. Y esto, porque estamos ante un arte cuyo *modus operandi* es la "huida hacia delante" y cuyo impulso ético primordial es *el olvido como sintaxis del relato*. "La memoria –dice Aira en *Copi*– tiende al significado, el olvido a la yuxtaposición. La memoria es el hallazgo del significado, el corte a través del tiempo. El olvido es el imperativo de seguir adelante. Por ejemplo, pasando a otro nivel, a otro mundo incluido o incluyente. Desde un mundo no se recuerda a otro. No hay un puente de sentido. Hay un puente de pura acción".[4] Es en este sentido que el uso de tradición puede entenderse, en la literatura de Aira, antes que como un procedimiento que haría retroceder al relato por el camino del significado y la memoria, como una técnica compositiva que, fundada en el olvido, lo pone a funcionar hacia delante. Si la narrativa de Aira vuelve a contar cuentos ya contados es en la medida en que los somete al proceso creador del olvido, en la medida en que se nutre del olvido como potencia transfiguradora y de invención. ¿Y dónde podría percibirse la operación? Allí donde esa potencia se convierte en *velocidad del relato*, esto es, en Aira, en esa fantástica aceleración que, alterando la naturaleza del objeto, hace que los estereotipos que "vienen con la tradición" salgan, como expulsados, del universo de la Historia y empiecen a girar en otras órbitas que las del significado y la memoria; allí donde la velocidad del relato los desprende del universo de la cultura y los empuja hasta ese punto en el que el tiempo se detiene o se desvanece: la Imagen. No casualmente el pasaje en que más claramente retorna el estereotipo de la Cautiva en la novela es esa escena que, situada en su centro mismo, representa su figura y su historia según las representaciones plásticas canónicas del rapto y el malón. La escena, en la que Ema "vio pasar varios indios montados, con cautivas desvanecidas, brillantes de luz lívida" y sobre ellas a los salvajes que "parecían más bien maniquíes de oscuridad tatuada con rayas y círculos", esa escena, con su tormenta desencadenándose de repente y con furia y su carrera veloz entre ranchos incendiados, es el modo en que

---

4. César Aira, *Copi*, Rosario, Beatriz Viterbo Editora, 1991, p. 33.

Aira plasma las estampas convencionales de la Cautiva y los Salvajes –según las consagró Ángel Della Valle en *La vuelta del malón* (1892)– transfigurándolo todo, a su vez, con el toque propio de sus cataclismos atmosféricos y los elementos de la naturaleza volando por los aires: "La luna había salido solamente para mostrarle a Ema la mirada del salvaje, que vino hasta ella y se inclinó, sin apearse; la tomó por debajo de los brazos y la sentó en el cuello del potro. Un instante después, el árbol volaba".

Sucede además que éste es el punto en el que "la perspectiva de Ema cambió" y, a su vez, el punto de inflexión de la novela. En la literatura de Aira todo es cuestión de perspectiva (de su trazado, dice, surge el espacio, la visión, la arquitectura del sueño), y la operación exótica, una de sus operaciones centrales y de la que *Ema, la cautiva* es, claro está, uno de sus hitos, consiste en la creación de una perspectiva, más específicamente, de un "dispositivo ficcional para generar la mirada".[5] Cuando ese dispositivo opera sobre los estereotipos, los motivos y los cuentos que vienen con la tradición nacional, su eficacia radica en funcionar como un *telescopio invertido*: se trata de esa "lejanía inmediata" que –dice Aira– le confiere a las novelas de Jane Austen su particular encanto, convirtiéndolas en "una especie de etnología de las tribus exóticas que son los ingleses mismos".[6] Se trata –podríamos decir– de la creación de un dispositivo óptico para que las imágenes, como en la escena del rapto, vuelvan espectacularmente ampliadas, como estereotipos quintaesenciados, alucinados, potenciados. (Entre paréntesis y a propósito de Jane Austen, ¿no es hora de decir que la cautiva de Aira tiene un nombre de nulas connotaciones nacionales?, ¿y que en el aprendizaje adolescente de la pequeña Ema en el desierto resuena, en todo caso, no el deprimente e inmovilizante bovarismo de Flaubert, que Aira tanto desprecia, sino el periplo mundano al cabo del cual la jovencita frívola e intrépida de la literatura inglesa aprende sus lecciones?)

---

5. Aira desarrolla la teoría en su ensayo "Exotismo" (*Boletín/3* del Centro de Estudios de Teoría y Crítica Literaria, Rosario, 1993), que puede ser leído también como respuesta –malentendido y transfiguración– a "El escritor argentino y la tradición" (1951) de Borges.

6. César Aira, *Copi*, ed. cit., p. 21.

Prólogo

Ese "telescopio invertido" implica, a su vez, en la literatura de Aira una forma de encarar el relato, esto es, la creación de un *punto de vista narrativo*. Y en *Ema, la cautiva* ese punto de vista se desdobla en dos. En primer lugar, todo empieza a contarse desde la perspectiva extranjera del viajero europeo del siglo XIX que se interna en el desierto (otro clásico del género del viaje por la pampa), aquí, la perspectiva del ingeniero francés Duval que se dirige al Fuerte de Pringles a trabajar –no sabe todavía en qué– para el Coronel Espina (y que podría estar evocando al Alfredo Ebelot de *Recuerdos de frontera* que contrató Adolfo Alsina para sus trabajos en la línea de fortines). Y lo interesante son los juegos de traducción a que da lugar la operación, la forma en que la perspectiva francesa del viajero se traduce en la perspectiva "decadentista" del relato: no sólo porque allí están Baudelaire y su "Invitación al viaje", y los tópicos del decadentismo, que hacia el fin de siglo convierten a los oficiales argentinos en réplicas de Des Esseintes y a los indios en emblemas del artificio y de lo artístico, sino porque en Ema se percibe la inflexión del estilo –francés– de *À rebours*, en la escritura. En este sentido, un estilo peculiarísimo singulariza a Ema en la obra de César Aira: un detallismo de una minuciosidad exacerbada en la descripción que, por contraste con la velocidad y la urgencia por precipitarse en el final que define a su literatura a partir de *La liebre* (1990), le confiere a esta novela un ritmo más bien lento, de morosidad y delectación en los detalles. La mirada microscópica de Ema que, con ojo de naturalista –el ojo de Darwin o el de Hudson en el Río de la Plata– puede detallar con precisión los rasgos de una variedad inusitada de faisanes o decir, por ejemplo, "Las pintadas americanas son más pequeñas que las del África, casi como gaviotas, y sus huevos del tamaño de un dedal gris-verde, con una mancha roja en el vértice", es también la que exacerba la micropercepción en clave de arte y de artificio, y la que transforma, por lo tanto, el desierto de los naturalistas extranjeros –el desierto lleno de garzas-ibis, bandurrias, becadas, calandrias, cardenales, pintadas y las más variadas especies de faisanes, gamas y tapires, manatíes, equidnas y moluscos fluviales– en un espacio de formas artísticas, colores artificiales, matices exquisitos. Pero más todavía, la fuga de la traducción parece ir más allá y la exquisitez del detalle decadente mudar en refinamiento lingüístico. Podríamos creerle a Aira su fábula de que la idea original de Ema había sido reescribir *El libro de la almohada* de Sei Shonagon,[7] y pensar entonces que la orientalización generalizada de la lengua –porque en la lengua de la novela hay un "faisán-shogún", "bellas kamuros", "kurós", "sidra de lotos", un "hototosigu", también "serrallos" persas, "verandas" indias y el "nim" cuya sola mención despertará en el Chitarroney de *El volante* (1992) el recuerdo de la literatura– es la huella léxica de esa reescritura oriental. *Ema, la cautiva*, acierta Jean-Didier Wagner, es la novela del límite extremo de la civilización: allí "el mundo indio nómade, misterioso y cruel por definición, se orientaliza, deviene chino, japonés sobrepasando en refinamiento todo lo que el Occidente ha podido inventar en términos de etiqueta y de licencia".[8] (Aunque podríamos pensar también que esta fuga exótica toma, a su vez, el rumbo de la melancolía de los trópicos: ¿o la artificialidad del mundo salvaje de Ema no nos recuerda también, y notoriamente, el estilo de la sociedad caduvea de *Tristes Trópicos*, de esos indios caballeros que perdían días enteros haciéndose pintar y para quienes, como para los indios de Ema, la estilización y la etiqueta artísticas eran el signo de la infinita melancolía de la sociedad?)

Con todo, es la segunda perspectiva del telescopio invertido, su casi imperceptible y súbita transmutación, la que define la singularidad de *Ema, la cautiva* y la que sigue provocando un misterioso encanto en la lectura. Cuando el contingente militar y Duval llegan a Pringles y los lectores pasamos del capítulo introductorio a "la novela de Ema", el punto de vista del relato pasa a la mujer-niña que inicia una vida nueva en el desierto y en ese pasaje –y ésta es, siempre, la magia del relato en la literatura de Aira– las perspectivas, y el exotismo mismo, son objetos de una curiosa torsión. La naturaleza, que en su repetición monótona aburría y decepcionaba a Duval, se transforma ahora, de repente, en un espectáculo extraordinario. Sólo que no para oficiales o científicos expectantes de novedad y

---

7. "Todos quisimos ser Rimbaud y no lo fuimos", entrevista de Graciela Speranza, *Clarín*, 17 de junio de 1993.

8. Jean-Didier Wagner, "Ema en terra incognita", *Libération*, 4 de agosto de 1994.

Prólogo

pintoresquismo, sino para los mismos indios, para la misma Ema. Los capítulos posteriores al rapto de Ema son notables en este sentido: en la isla de Carhué, o en la isla donde el príncipe Evaristo Hugo tenía su residencia de verano, o en las Sierras de la Ventana donde termina la novela, la naturaleza resulta, para los mismos indios, un "muestrario de todas las plantas raras y hermosas que pudieran imaginarse", una "geografía curiosa y desconocida", un "espectáculo digno de ver". Y todo, para Ema, pero también para los salvajes, se vuelve paisaje para mirar, pintoresco, inusitado, fantástico. "Tendrías que ir a ver el paisaje", dice una de las esposas de Evaristo, y del botín abundante que los niños de la corte de Hual se hicieron internándose en las arboledas –lebratos, ranitas, fruta silvestre, tubérculos, rizomas del nardo de agua, bola dulce del junco, hojas de menta, zapallitos agrios– "nada les parecía suficiente y distinto". Como si ahora que se ha cruzado el umbral último (el que, dentro de la frontera, marca el pasaje definitivo al territorio indígena) el punto de vista exótico se hubiera interiorizado, y los indios –y Ema con ellos– no hicieran más que decir: *vengan a ver*. Y más allá todavía, como si el tiempo histórico fuera objeto de una aceleración, el exotismo indígena se transmuta en perspectiva turística: excursiones anuales, vacaciones, temporadas y residencias de verano. Un turismo, no obstante, en sus albores, allí cuando la exploración y la aventura todavía eran los móviles del viaje. Si el viaje que Ema hace con los jóvenes, después de despedirse de Hual, lo tiene todo del interés turístico –la prueba de que avanzaban era que los lugares "eran cada vez más desconocidos y curiosos" y que lo miraban todo "con fatal asombro de provincianos"–; y si Ema y los indios salen a ver y tendrán, digamos, *algo que contar cuando vuelvan a casa*, es, ante todo, porque una auténtica disposición a lo desconocido los mueve al viaje; una auténtica disposición a conocer las geografías y los pueblos remotos en los que los mapas los hacen soñar. Esa disposición –que es la misma que, con el paso de la introducción a la novela, *pasa* a Ema apenas se instala en la frontera ("como no tenía otra cosa que hacer, su conocimiento de la otra civilización creció considerablemente"), pero que es, sobre todo, la de un viajero "primordial" al contacto con extrañas civilizaciones– es la que aquí podríamos considerar una auténtica curiosidad etnográfica. (Y esa primordial curiosidad es la que el darwinismo airiano irá transfigurando, en el mapa que despliega de una novela a otra, como un pasaje a través de las civilizaciones mutantes de la Argentina: de las civilizaciones salvajes del siglo XIX, en la pampa, a la civilización de los travestis y el fútbol en las sierras turísticas de Córdoba, a las civilizaciones juveniles de Flores, a la de los gimnasios y los kioscos y los conventos del barrio, a la de los cartoneros y el proletariado expandido de la villa... Civilizaciones: esto es, poblaciones extrañas, regidas por sus propias leyes, ritos y ceremonias, que se manifiestan, "explotan", como mundos dentro del mundo.)

Pero en el periplo de Ema subyace una trayectoria más, y bien podría decirse que en ella reside el movimiento fundamental. Es toda *la vuelta de Ema*, y con ella el *giro completo de la novela*, en torno de ese centro gravitacional que constituyen Pringles y sus puntos neurálgicos: el reducto hermético del Fuerte del que los militares argentinos prefieren mantenerse apartados, el bosque paradisíaco del Pillahuinco que es también una cámara de transformación, y, núcleo de toda esa órbita tan remota como inaccesible, el enigmático Coronel Espina que, como un Kurtz del desierto, se anuncia en el capítulo introductorio rodeado de fábulas alarmantes de crueldad pero también de la leyenda que lo ha convertido en un prodigio de supervivencia, y de invención. "La vida –le dice el Coronel a Ema– es el arte de mantener la vida", y toda su estrategia, su omnipotencia e impunidad, en "el sitio excéntrico de la ley por excelencia" que es el desierto del sigo XIX, están cifradas en la singular economía que ideó, que inventó y que impuso, para sobrevivir en el mundo indígena donde el arte financiero, con sus cifras voluminosas e irreales creciendo en el cielo de la melancolía, era tanto una sombra como el medio más eficaz para seguir viviendo. El Coronel Espina decidió replicar –e intervenir– ese arte: puso en marcha un método de reproducción, consistente en la impresión de billetes en cantidades siderales que terminan por disolver el dinero como valor, y un método de circulación, consistente en el montaje de un aparato financiero en el que el dinero, a cambio de dinero, crece exponencialmente no sólo en cantidad sino también en expansión territorial. Es el "sistema de lujo", la burbuja artificial del dinero, que, dice el Coronel, "era preciso crear para apartarse de la nada" y fundar el Fuerte. Por su parte, cuando la travesía del contingente fantasmal de las carretas llega finalmente a Pringles, Ema se instala en los alrededores del Fuerte para pasar allí su primera temporada en la frontera, y, una vez cautiva, comienza a "vagabundear" por las cortes y los palacios de los capitanejos para completar su aprendizaje adolescente. Y es con la última y definitiva lección, la de la irrealidad del trabajo que tiñe de sombra el arte financiero y el arte genético en los que el mundo indígena se precipitaba soñador, que la idea ciclópea de *fundar* un criadero de faisanes con el que "colmar las mesas de toda la población blanca hacia el oriente" la *transporta*, de nuevo y con la urgencia por "apoderarse del secreto del presente", al Fuerte del que "había sido arrancada". La entrevista con el Coronel Espina no se hace esperar y el pacto que desemboca velozmente en la acción queda sellado de inmediato y en términos de cifras increíbles, fabulosas: es la fuga creadora de Ema en el desierto, hecha de veinte mil hectáreas de bosques y pradera, cuatrocientos años de amortización crediticia, y la fecundación de dos mil, cinco mil, y hasta cuarenta mil faisanuchos con los que crear "un eco-sistema" como una fuente de riqueza infinita, y, desde luego, artificial.

Naturalmente, toda la conversación de Ema y Espina, que son quienes pasan a la Acción y crean en el desierto mundos tan artificiales como superfluos, gira en torno de las cantidades disolventes que son precisas en toda fundación.[9] ¿Y qué es lo que la niña cautiva devenida empresaria y el enigmático impresor fundan en Pringles? Un procedimiento genético y una economía: dos métodos de *reproducción artificial*. Esto es, el centro de reproducción artificial de César Aira que hace de la multiplicación y dispersión periódica de sus libros y libritos el método expansivo con el que crear un mercado propio —con sus leyes de impresión, edición y circulación— y con él, un mundo nuevo, de esos que se imponen, como una explosión, reduciendo a la nada el contexto del que surgen, ideando sus propias premisas, obligando a hablar en su propia lengua. Es

---

9. El ingeniero Duval, cuya historia se suspende al cierre del primer capítulo, a la espera de la "tarea total" que el coronel Espina le asignara, queda dando vueltas en los círculos —en los limbos— del "cálculo".

la operación-Aira que estalla en *Ema, la cautiva* con la fundación mítica de Coronel Pringles, ese "planeta" que desde el comienzo se iba volviendo "cada vez más lejano", apartándose de la órbita misma de la frontera nacional.[10] Y con esto no quiere decirse que Ema condensa los elementos de una obra que se desarrollará, o se reproducirá, siempre igual, como una totalidad siempre volviéndose sobre sí. En absoluto. Y antes bien, todo lo contrario. Porque la lógica del *big bang* es la de la expansión, y a toda expansión le es inherente la velocidad y el azar de la mutación continua, de la transfiguración incesante. Sólo hay que tomar e invertir el telescopio para observar cómo, a lo largo de estos cuarenta años de escritura, el darwinismo airiano ha ido mutando, periódicamente, en formas, especies y ciclos tan diversos como divergentes, al punto tal que con cada historia, siempre nueva y cada vez única, nos sigue sorprendiendo la pregunta: ¿cómo se le ocurre?

Luego de su primera edición en Editorial de Belgrano, en 1981, *Ema, la cautiva* también fue publicada en Barcelona, en 1997, por la editorial Mondadori, y en Mérida (Venezuela), en 2005, por Ediciones El otro el mismo. Ha sido traducida al italiano por Angelo Morino, como *Ema, la prigioniera* (Bollati Boringhieri, 1991); al francés por Gabriel Iaculli, como *Ema la captive* (Gallimard, 1994); y al alemán por Michaela Messner y Matthias Strobel, como *Die Mestizan* (Nagel & Kimche, 2004).

---

10. La imposibilidad de verificar el momento histórico en que se sitúa el relato es inherente a la operación mítica. Aunque la novela comienza con la referencia de los militares argentinos a la ineficacia de la zanja de Adolfo Alsina que, ideada en 1875, se puso en marcha entre 1876 y 1877, y las sucesivas gestaciones de Ema extienden la historia hasta, por lo menos, 1878, cuando el golpe definitivo de la conquista del Desierto está muy próximo, el mundo indígena de la novela transcurre en su máximo esplendor, absolutamente indiferente al exterminio por venir.

EMA, LA CAUTIVA

Una caravana viajaba lentamente al amanecer, los soldados que abrían la marcha se bamboleaban en las monturas medio dormidos, con la boca llena de saliva rancia. Cada día los hacían levantar unos minutos más temprano, según avanzaba la estación, de modo que dormían durante muchas leguas, hasta que salía el sol. Los caballos iban hechizados, o aterrorizados, por el ruido lúgubre que producían los cascos al tocar la llanura, no menos que por el contraste de la tierra tenebrosa con la hondura diáfana del aire. Les parecía que el cielo se iluminaba demasiado rápido, sin darle tiempo de disolverse a la noche.

Del cinto les colgaban sables sin vaina; el paño de los uniformes había sido cortado por manos inhábiles; en las cabezas rapadas, los quepís demasiado grandes los volvían pueriles. Los que fumaban no estaban más despiertos que los demás; llevarse el cigarrillo a los labios, inhalar con fuerza, eran gestos del sueño. El humo se disolvía en la brisa helada. Los pájaros se dispersaron en la radiación gris, sin hacer ruido. Todo era silencio, resaltado a veces por el grito lejano de un tero, o los resoplidos ansiosos, con una nota muy aguda, de los caballos, a los que sólo el adormecimiento de sus dueños les impedía echarse a correr hasta la disolución, tanto era el espanto que les producía la tierra. Pero de aquellas sombras no salía nada, excepto una liebre trasnochada que huía por la hierba, o una polilla de seis pares de alas.

Los bueyes, en cambio, bestias de patas muy cortas a los que la media luz hacía parecer orugas contoneándose en un pantano, eran totalmente mudos y nadie les había oído proferir siquiera un murmullo. Sólo el ruido del agua en el interior, porque bebían cientos de litros por día; estaban llenos, intoxicados de agua. Cuatro yuntas tiraban de cada carreta, grandes como inmuebles. Tan lenta era la marcha, y tanta la cantidad de fuerza empleada para moverlas, que se deslizaban con facilidad imperturbable. La falta de accidentes del campo contribuía, y sobre todo el diámetro desmesurado de las ruedas, de madera roja, con una bola hueca de metal en el eje, que llenaban dos veces al día con grasa de color de miel. Las primeras carretas tenían toldos e iban llenas de cajas, todas las demás eran abiertas y una multitud heterogénea apiñada en ellas dormitaba o movía con tedio los miembros encadenados, para mirar algún horizonte vacío y remoto.

Pero la luz sepia y bistre no siguió aumentando indefinidamente. Llegado cierto momento comenzó a decaer, como si el día se rindiese a una noche de eterna impaciencia; y para completar el cuadro pronto estuvo lloviendo oscuramente. Los soldados se cubrieron con los ponchos que llevaban enrollados en las sillas, con gestos no menos aletargados que la lluvia indecisa que les mojaba las manos y hacía subir del pelo de los caballos un olor penetrante. Los hombres y las mujeres de las carretas no se movieron. Apenas uno que otro alzaba la cara al agua suspendida para lavársela como un muerto. Y nadie hablaba. No todos habían abierto los ojos. Poco a poco volvió la claridad, y las nubes se pusieron blancas. La falta de viento hacía irreal la escena del viaje.

Al cabo de tres o cuatro horas la lluvia cesó como había empezado, dejando el suelo cubierto de reflejos, vuelto otro cielo, y no menos temible para los pusilánimes caballos; al final de la caravana se arrastraba una tropilla de doscientos lobunos de refresco, delgadísimos, de grandes cabezas expresivas y ojos cargados; ya habían debido sacrificar una gran cantidad de los que montaban, y seguirían haciéndolo, de modo que a todos los de la retaguardia les llegaría el turno de ser utilizados: aturdidos y casi ciegos como iban, el menor tropiezo o la mordedura inocua de un sapo bastaban para inutilizarlos. Por supuesto, y a modo de justicia poética, se los comían.

Tan invariable era la configuración de la pampa que en el curso de toda la mañana sólo tuvieron que desviarse unos cientos de metros de la línea recta marcada por los baqueanos, para evitar el único accidente: unas profundas cañadas excavadas en el suelo quién sabe en qué antiguas perturbaciones geológicas, muros calizos de un blanco y pardo recién lavados por la lluvia, en los que brillaban como el ónix los huecos de las vizcacheras. De los bordes colgaban trémulos ramos de junquillos con las flores secas, y un gran chingolo solitario se sacudía la humedad de las plumas con aleteos vigorosos. Frente a las cortadas los soldados parecieron salir del entresueño. Uno de ellos, hirsuto y desaliñado, se adelantó hasta el teniente y pidió permiso para cazar vizcachas para el almuerzo. El oficial se limitó a encoger los hombros sin ocultar lo poco que le importaba lo que hicieran o dejaran de hacer.

Hubo unos gritos, y una decena de soldados se desprendió de la tropa en dirección a las barrancas. Lo imprevisto del galope puso en estado de horror supremo a los caballos, que agitaban las patas al azar en una parodia de carrera, las cabezas sacudidas y los ojos velados de lágrimas sanguinolentas. Pero afortunadamente para ellos, aunque no lo sabían, la caza se practicaba a pie.

Era una operación vivaz y hasta colorida, dentro de los límites de neutralidad opresiva de la escena general. El hombre acercaba la cara a la boca de una cueva y soltaba un grito seco. Las vizcachas, que a esa hora dormían profundamente, saltaban afuera sin pensarlo y eran degolladas de inmediato. Debían trabajar a dos manos, con el sable y una daga que llamaban "facón", tanta era la cantidad de animales que brotaban de la profundidad, más difíciles de alcanzar una vez que salían al exterior, cosa que lograban cuando dos pasaban el umbral a la vez; en ese caso las acuchillaban cuando iban trepando los murallones, las clavaban a la cal blanda. Los soldados sudaban corriendo y tirando tajos a los grandes roedores blancos, muchos de los cuales aparecían cargados con las crías, que se quedaban junto al cuerpo decapitado de la madre bebiendo la sangre. Notaron con satisfacción que estaban gordas, cebadas. Las más grandes llegaban a medir un metro de largo, y alguna que se escurrió entre las patas de los caballos produjo la peor conmoción; ya el olor de la sangre, de notable intensidad, los había predispuesto al miedo. Los perros innumerables que venían con la caravana corrieron a la depresión ladrando como demonios. No se atrevían a morder más que a las heridas, y más de uno recibió un sablazo por error o quedó descoyuntado a golpes cuando intentaba robar una presa. Como nunca les daban nada de comer, era un milagro que conservaran la vida, y más aún que persistieran en el viaje. Una vez que la última vizcacha quedó tendida entre el agua y la sangre, las ataron en manojos por las colas; pero antes de montar buscaron las crías, no más grandes que un puño en aquella época del año. Sin matarlas, les abrían un agujero en el vientre con la punta del cuchillo y aplicaban los labios. Con una sola succión se incorporaban el interior blando y tibio del animal, todo sangre y leche. El despojo, una minúscula bolsa vaciada, se lo tiraban a los perros, que debieron conformarse con ellas y alguna cabeza.

Entretanto la caravana se había alejado un par de leguas. Después del mediodía volvió a lloviznar, y el teniente dio la voz de alto para el almuerzo.

Al lado de las carretas, los soldados armaron semiesferas de papel embreado, para proteger el fuego; bajo la mirada desdeñosa de los convictos se ocuparon de cuerear las vizcachas con fantástica habilidad, para ensartarlas luego en asadores de hierro y exponerlas al fuego unos pocos minutos; la carne era tan inmaculada como la del lenguado, pero de sabor agrio.

La dieta de la travesía, charque y galletas, era igual para la tropa y los prisioneros, salvo que éstos recibían media ración. No tenían motivo para deplorarlo, ya que no hacían el menor gasto de energía y se pasaban el tiempo durmiendo echados unos contra otros en las carretas. En cuanto a los oficiales, su régimen no era distinto, pero acompañaban puntualmente las colaciones con aguardiente, y a veces se limitaban a beber. La única variación de la rutina se producía cuando tropezaban con una bandada de ñandúes o perdices, o alguna codorniz o una liebre cuya carrera se entretenía en interrumpir el teniente con un certero disparo.

Mientras se calentaba el agua para el mate cocido, tres auxiliares cortaron el charque en cintas; luego procedieron al reparto a lo largo de las carretas; el estado de debilidad y embotamiento de los presos era tal que les repugnaba el esfuerzo de comer; a más de uno fue preciso obligarlo con un puñetazo a estirar la mano y recibir la galleta y el jarro en el que otro soldado echaba un chorro hirviendo del líquido verde.

Los cuatro oficiales tomaron asiento en las caronas de respaldos altos que habían tirado al suelo de cualquier modo. Indiferentes a la lluvia, dirigían al vacío miradas entre estúpidas y malignas. Desde hacía meses habían dejado de tomar en cuenta la existencia de aquella sorda muchedumbre que dependía de ellos; se sentían planetas libres girando al azar en un limbo de alcohol y tiempo sin ocupar. Los cabos eran una decena, pero solían ser degradados, a veces sin manifestación alguna, y de todos modos se confundían con la tropa, en la que nada se asemejaba ni remotamente a la disciplina militar. Excepto con el teniente, no se respetaban las formas, y él mismo las consideraba un arcaísmo frívolo. Eran hombres salvajes, cada vez más salvajes a medida que se alejaban hacia el sur. La razón los iba abandonando en el desierto, el sitio excéntrico de la ley en la Argentina del siglo pasado.

Autoridad suprema y aislada en la caravana, el teniente era un hombre joven, aparentaba unos treinta y cinco años, y hacía no menos de diez que vivía en la frontera. Había realizado varios de estos viajes desde Buenos Aires transportando carga humana, cada uno de los cuales, entre la ida y la vuelta, insumía casi un año. Tenía manos blancas y fofas –sólo de noche se quitaba los guantes–, el pelo negro y aceitado, y al caminar producía una incómoda impresión de torpeza bamboleante por el ancho de las caderas, inadecuadas para sus brazos y piernas flacos; en cambio era un excelente jinete, y el único que usaba silla inglesa con cuerno.

El mayor a sus órdenes era un viejo de largo pelo gris y uniforme desaliñado; los otros dos, sargentos achinados y taciturnos. El teniente desenroscó la tapa de su cantimplora y tomó un trago de aguardiente. Los demás lo imitaron con gesto mecánico. La bebida les era connatural. La lluvia persistía, en un estado imperceptible. Desde los horizontes oscuros provenían truenos. El teniente sacó el reloj del bolsillo y lo estudió como idiotizado: las dos.

Al fin el auxiliar les trajo una vizcacha asada y una bolsa de galletas. No comieron tanto como bebieron, y todo el almuerzo transcurrió sin que pronunciaran una sola palabra. El teniente no probó bocado, no hizo el menor gesto cuando le ofrecieron una presa y siguió fumando; era tan descuidado que la lluvia le apagaba y deshacía el cigarrillo: lo tiraba y armaba otro sin protegerlo más que al anterior. Bebió todo el tiempo, hasta vaciar la cantimplora cuya provisión había hecho renovar dos veces en el curso de la mañana; ahora mandó a uno de los sargentos a que la volviera a llenar, y al recibirla de vuelta tomó un largo trago. Su actitud al menos tenía coherencia.

–¿Y el francés? –preguntó de pronto con voz turbia. Las palabras quedaron bellamente resaltadas en la extrañeza. Los hombres tardaron en sentir la pregunta, primero tuvieron que mirar el pasto mojado, los huesos azules de la vizcacha, alguno clavó la vista en las botas embarradas del teniente. Recién entonces miraron alrededor. La hilera de carretas detenidas se extendía varios cientos de metros, y todo era silencio y movimientos enviscados.

–Estará allí –aventuró el mayor señalando con la barba la dormida confusión de caballos. A él también lo sorprendió su propia voz.

Mandó a buscarlo, aunque todo parecía inútil. Lo encontraron junto a un caballo tratando de hacer un colchón para la montura con cueros de vizcacha. Como no habían sido curados, en un par de días tendrían un olor insoportable que infectaría a la silla, permanentemente, y al caballo, pero no lo sabía.

Trató de explicarle al sargento que no tenía hambre. Pero después de una breve indecisión lo siguió, creyendo que el teniente tendría algo que decirle. No quiso desairarlo, aunque odiaba la idea de tener que unirse a ellos. Los altos del almuerzo le resultaban indeciblemente melancólicos, y la lluvia volvía casi insoportable el de hoy.

El oficial se limitó a invitarlo a probar la caza. El francés reprimió un suspiro de insatisfacción. Tomó con dos dedos un muslo blanquísimo mojado de lluvia y le dio un mordisco. No estaba tan mal como había esperado. El sabor tenía algo del gamo, algo del faisán. Tratando de no pensar en las miradas átonas que le dirigían siguió adelante, y con un trago ocasional de aguardiente aguado dio cuenta de todo un cuarto.

Pero no habían transcurrido diez minutos cuando lo vomitó estrepitosamente, en medio de los mareos más atroces. Estaba completamente blanco. Cuando ya no le quedaba nada en el estómago caminó un rato con los ojos cerrados y después trató de comer una galleta dura, también humedecida por la lluvia, masticando concienzudamente. Pero hasta eso le producía náuseas, de modo que renunció.

Era un ingeniero contratado por el gobierno central para hacer trabajos especializados en la frontera, hacia la que había partido aprovechando la marcha de un contingente de convictos, pocos días después de su desembarco. El cambio precipitado de ambiente hacía inevitable su desconcierto ante las condiciones irreales del desierto. No hablaba el idioma, ni lo entendía. Los hombres le parecían bestias, y su sociedad inhumana. Era pequeño y frágil, de unos treinta y cinco años, con la cabeza demasiado voluminosa y una gran barba asiria como se usaba en aquellos tiempos. Tenía un traje azul, que alternaba con otro gris, siempre con la chaqueta abotonada hasta el cuello. La intemperie le había puesto roja la cara y las manos, y las visiones del viaje le dieron un brillo perplejo a sus ojos azules. Se protegía de la luz bárbara de la llanura con gafas de cristal verde, pese a lo cual sufría de un permanente lloriqueo. Esta mañana se había puesto un capote para protegerse de la lluvia, tan pesado que lo hacía sudar; a cada rato debía secarse la cara con un pañuelo, y escurrirse la barba disimuladamente.

Cuando volvió a sentir bastante dominio de sí como para hablar, se dirigió al teniente.

–Supongo que fue un error tratar de comer ese animal.

–Supongo que sí –le respondió el otro con sorna.

–Me revolvió enteramente.

–Lo noté. Los soldados se comen los cachorros crudos.

Duval no pudo evitar un gesto de repugnancia, que provocó la risa despectiva de su interlocutor.

–Tendrá que conformarse con las perdices y el aguapampa.

La mención de las perdices lo deprimió; de todo el alimento que ofrecía la pampa y las provisiones militares, esas avecitas eran lo único que admitía su estómago, siempre y cuando estuvieran bien asadas; pero como carecía de toda habilidad para atraparlas se veía sujeto al humor de los gauchos que en ocasiones dejaban pasar grandes bandadas con indiferencia, pues para ellos eran un plato inferior, y el trabajo de pelarlas, por supuesto, los atraía menos aún. De modo que había pasado, una y otra vez, una semana entera o más alimentándose de galletas (la carne seca le daba asco de sólo olerla) y el horrible mate cocido que le producía cólicos y una intolerable urgencia constante de orinar.

Se había sentado junto al teniente, hacia el que sentía la máxima antipatía; pero era el único con el que podía hablar en francés, y pasaría mucho tiempo antes de que lograse mantener una conversación en castellano; cada vez tenía menos confianza en llegar a dominar la lengua, con tan pocas oportunidades de aprenderla en aquella soledad de seres brutales que se comunicaban con gruñidos, y sabía que en la frontera se hablaba un dialecto a medias indio, con el que tendría que empezar todo de nuevo. Después de un momento, sin embargo, el teniente tuvo una sonrisa algo menos malévola para darle, con calculada displicencia, una información que lo sobresaltó:

—Esta noche entraremos en Azul, y podrá hartarse.

—¿Cómo? ¿Esta noche? —tartamudeó Duval, amargamente consciente una vez más de lo mucho que ignoraba de los límites del viaje. El fuerte de Azul era la última parada, y aunque la venía esperando desde hacía semanas, recién ahora se enteraba de que estaban tan cerca. Trató de moderar la excitación frotándose las manos. Los demás oficiales seguían distraídos, como si no percibieran las palabras en otro idioma. Esperó alguna información suplementaria, que no se produjo.

—¿A qué hora llegaremos?

El teniente se limitó a encogerse de hombros y escupir. Sacó una pitillera con delgados cigarros de hoja y lo convidó, sin mirarlo a los ojos (nunca lo hacía). A través del humo que se disolvía en la llovizna, Duval lo estuvo observando con sincera curiosidad. Antes de partir alguien le había dicho que el teniente Lavalle pertenecía a una riquísima familia de hacendados, y había estudiado en liceos franceses e ingleses; informes que no lo habían preparado, muy por el contrario, a una entrega tan intensa a las formas innumerables del salvajismo. En él era notable una delectación bárbara que faltaba incluso en los soldados más primitivos, y quizás hasta en los presos, ya no humanos. Desde el principio había percibido un desarreglo morboso del ánimo en su desinterés absoluto por la naturaleza: no diferenciaba un ave de otra, ni un ratón de una liebre, ni el trébol de la verbena: una ceguera con su nota de demencia, una especie de manía al revés que podía llenar de horror a un acompañante forzado. Aunque existía la posibilidad de que sus respuestas erróneas no fueran sino otro rasgo tortuoso de humor.

Siguió fumando y bebiendo sin volver a prestarle atención. El gris del cielo se había vuelto blanco, y sobre el horizonte se veían cruzar la atmósfera franjas oblicuas, amarillas de sol o azules de lluvia. Los soldados dormitaban, hartos. Duval salió caminando a lo largo de las carretas, tratando de sobreponerse a la debilidad que le había dejado la descompostura. En todas las paradas le resultaba necesario caminar cuanto pudiera, aun cuando el cansancio había ido creciendo con el correr de los días hasta empaparle cada uno de los huesos. Caminar era el único antídoto a su alcance contra la melancolía que le causaba el contacto permanente con los caballos, tan distintos de los que había montado en Europa que por momentos dudaba que se tratase de la misma especie. La raza equina criolla era un contrasentido, una falla en el mundo animal, y de las muchas sorpresas que le deparó el viaje, ésta fue la mayor. Ya había cambiado tres veces de caballo, trocando los que morían (uno se había extinguido entre sus piernas, por el sobresalto de una diminuta polilla bailarina) por otros no menos pusilánimes, masas distorsionadas de vísceras y pellejos y crines secas ligados exclusivamente por el miedo. Ahora se alejó lo más que pudo de la caballada, mirándose las botas, y las matas de pasto. Le resultaban más soportables los bueyes, aunque también eran monstruosos, demasiado cilíndricos y con las cabezas pequeñas como la de una serpiente.

Por supuesto, habría sobrellevado con gusto estas excentricidades del nuevo continente, si se hubiera visto en compañía menos inquietante... Echó una mirada de reojo a los presos, preguntándose cómo soportaban la inmovilidad. De sólo pensarlo se le trababan las piernas. Apenas durante media hora, al crepúsculo, y bajo la más estricta vigilancia, los desencadenaban y les permitían salir de las carretas, pero la mayoría prefería quedarse donde estaba. Era sorprendente que viviesen después de tantas semanas de quietud vegetal, hacinados y casi sin alimentación. Se preguntaba qué interés podía tener el ejército en transportarlos costosamente a los fortines, si ya casi no vivían. Claro que ignoraba qué se hacía en aquellos límites del mundo. Y por otra parte esos desdichados quizás tenían más resistencia de la que podía deducirse de sus condiciones; según el teniente, los motines eran frecuentes, razón por la que no relajaban un minuto el control sobre ellos, y lo iban haciendo más y más severo a medida que se adentraban en la provincia.

Nunca se acercaba a las carretas, y hoy el hedor que partía de ellas era insoportable, como si la lluvia hubiera liberado los efluvios más horribles de sus cuerpos martirizados y del fondo de sus perennes lechos. No obstante lo cual dormían o miraban el vacío con ojos impasibles. De pronto una mujer le pidió un cigarrillo con voz ronca; sobresaltado, Duval simuló no oírla y en su confusión tiró a un charco el que estaba fumando. Los oficiales solían separar algunas mujeres por la noche y llevarlas a sus recados. En el primer arroyo al salir de Buenos Aires les habían hecho bañar y cortar el pelo al rape, pero desde entonces las iniciativas higiénicas habían sido muy limitadas; él, por supuesto, se abstuvo de todo contacto. En las carretas la promiscuidad era total, y como tantas otras cosas en el viaje, parecía fluctuar entre lo permitido y lo prohibido. Poco tiempo atrás había tenido lugar una demostración especialmente cruel de la inasibilidad de sus leyes; un hombre a pleno día se acoplaba ruidosamente con un ser indefinido en una carreta, sin ocultarse, lo que no era un espectáculo infrecuente ni más desagradable que otros; apenas si sorprendía que alguien conservara las energías necesarias. Duval iba cerca y ni siquiera desvió la mirada. Estaba por talonear al caballo cuando vio el rostro hinchado y lívido del teniente que pasaba junto a él, hacia la carreta. Era evidente que estaba en un mal día, y aun así actuó con apática indiferencia, la misma que habría mostrado su víctima de haber tenido oportunidad. Inclinándose a un lado en su silla inglesa, aferró al hombre por el pelo y de un solo tirón lo desenganchó de su compañía y lo echó fuera de la carreta; el convicto quedó colgado cabeza abajo con una cadena en el tobillo esquelético. Duval, que había creído que con esa brutalidad terminaba el castigo, vio atónito cómo el teniente le cercenaba de un sablazo los genitales y el hombre se desvanecía bañado en su sangre. Quedó en esa posición hasta morir, y Lavalle sólo consintió en desembarazarse del cadáver (le cortaron la pierna a hachazos) tres días después, cuando el olor de la carroña volvía irrespirable el aire a todo lo largo de la caravana.

Ya se ponía el sol cuando uno de los baqueanos que iban a la vanguardia levantó la mano para señalar a lo lejos el primer atisbo de las poblaciones de Azul. Duval, presa de una fatiga que ya desbordaba de su continente físico, iba improvisando al ritmo de su cabalgadura una balada sobre el crepúsculo, repitiendo palabras en su melodiosa lengua natal y pensando, como pensaba todos los días a esa hora desde hacía más de un mes, que aquellos cambios de color en el cielo y las transformaciones de las nubes entre, digamos, las seis y las ocho, podrían servir de materia a una especie de novela, siempre y cuando el autor se atuviera al realismo más riguroso; esa novela, informe de colores atmosféricos, de pasajes y flujos, sería la apoteosis de la futilidad de la vida. ¿Y por qué no? Una saga sumamente estúpida; el mundo ya estaba maduro para aceptarla, o en todo caso lo estaría cuando él terminara de escribirla. Todas las tardes prestaba una atención apasionada a ese banal caos cotidiano, y soñaba. Ávido lector de novelas desde la infancia, sus favoritas habían sido las aventuras en sitios extraños y salvajes, y ahora que él mismo se hallaba en un escenario así, comprobaba que en el curso de las aventuras lo que cuenta es la repetición exacta de los días. "Las aventuras", se decía, "son las aventuras del aburrimiento."

Fue el único que no vio nada, aunque tenía buenos ojos; la dirección señalada era precisamente el foco del poniente, que lo deslumbraba demasiado. Pero un par de horas más tarde, cuando el teniente dio la voz de alto, podía divisar hileras de chozas colocadas en un área al parecer interminable. Interrogó a Lavalle sobre una forma extraña que asomaba del horizonte.

Le respondió que era el fuerte.

—¡Pero debe ser gigantesco!

—No tanto. Aquí se pierde el sentido de las proporciones.

Acto seguido lo invitó a cenar con él en Azul. Aunque sorprendido por la repentina cortesía, aceptó con gusto y esperó a que ordenara la disposición del campamento y los turnos de guardia, deberes que el teniente cumplía con notoria repugnancia. Salieron al galope, los dos solos, con las últimas luces.

Podía decirse que en aquel entonces Azul era una típica población del desierto: no más de cuatrocientos blancos, casi todos ellos aglutinados en un fuerte palaciego, y entre cinco y seis mil indios mansos que lo hacían todo mientras sus amos cultivaban un ocio poblado de ensoñaciones económicas o militares. Los toldos nativos se dispersaban entre los arroyuelos afluentes de un río gris que se arrastraba hacia el sur, cuyas aguas no tomaban los blancos porque le encontraban un regusto salobre, de modo que saciaban la sed con vino y licores, con el resultado que era de esperar. En el centro se alzaba el fuerte, originalmente un cuadrado de empalizadas con mangrullos en las cuatro esquinas, y ahora desmedidamente estirado en todas direcciones por la necesidad de más y más criados internos; su aspecto actual era el de una torre de Babel o más bien una heteróclita ciudad de juguete, con chozas minúsculas colgadas de las murallas, panales amorfos de cuartos agregados en lo alto, puentes y pasajes suspendidos por donde corrían los niños, y las mujeres colgaban ropa de precarios cordeles.

Cuando logró apartar la vista de esa construcción fantástica, Duval tomó conciencia de que atravesaban los suburbios de los salvajes, muchos de los cuales estaban sentados pacíficamente en el suelo con cigarros entre los dedos, y expresiones de la más absoluta indiferencia ante el paso de los dos extraños. Era la primera vez que veía indios, y le habría gustado examinarlos con más detenimiento, pero el teniente iba como una exhalación, y no quiso quedarse atrás.

El fuerte no tenía portones. Entraron al paso por un dédalo de barracas hasta dar con la comandancia, un imponente edificio de piedra con dos alas asimétricas. Un salvaje apostado en la puerta se hizo cargo de los caballos, que evidentemente le causaban gracia. Lavalle se sacudió el polvo del uniforme y se quitó los guantes. Altivamente le ordenó a un alférez que lo anunciara al coronel. Un teniente, después de las formalidades, los condujo por largos corredores hasta una antesala casi a oscuras, donde los dejó esperando un minuto.

En la oficina del comandante dos quinqués de cristal rosado iluminaban el pesado mobiliario de caoba y bronces. El coronel Leal

era un anciano pequeño, distinguido, de cabello blanco y rasgos tristes y bondadosos; abrazó al teniente, que lo llamó "tío", y se volvió ceremoniosamente hacia Duval, con quien, en cuanto fueron presentados, comenzó a hablar en un francés fluido y sin acento.
—Celebro infinitamente su visita. Aquí tengo tan pocas oportunidades de practicar mi francés...
—Que es inmejorable, puedo asegurárselo. ¿Ha vivido en Francia?
—Pasé largos años en su querida patria, antes por supuesto del advenimiento del tirano.

Duval tuvo que reflexionar un instante para comprender que se refería a Bonaparte. Cautelosamente, prefirió cambiar de tema:
—Pero aquí, la lengua...
—¡En efecto, amiguito! Nadie pronuncia la dulce lengua de Ronsard en la pampa. ¿Por qué habrían de hacerlo? No veo un solo motivo aceptable. A veces yo mismo me sorprendo de no haberla olvidado. Si no fuera por los libros... y algunos de mis oficiales, felizmente instruidos... ¡Pero ya podrá constatarlo usted mismo! Allá en Pringles no tendrá muchos interlocutores, y por cierto que mi colega Espina no será uno de ellos —terminó riéndose.

Espina era el comandante del fuerte de Pringles, y sobre su persona circulaban los rumores más alarmantes, que habían llegado a preocupar seriamente a Duval, pues una vez en la frontera estaría bajo sus órdenes directas y exclusivas; lo pintaban como un ser semisalvaje, con sangre india en las venas, apasionado por el terror y tiránico al grado máximo.

El coronel sirvió tres copas de coñac y conversó un rato animadamente con su sobrino, mientras Duval, hundido en un gran sillón, se adormecía en una niebla de fatiga y torpor. A la pregunta de si quería darse un baño antes de la cena, respondió con una afirmación casi incrédula. Le parecía absurdo. El mundo civilizado se le había vuelto una quimera, pero el coronel hizo sonar una campanilla y le ordenó a un auxiliar que lo condujera a un cuarto de huéspedes y le preparara el baño. El ingeniero siguió al criado como un muñeco. Esperó fumando mientras se ejecutaban las órdenes; después se quitó la ropa para introducirse en el agua con un rictus de placer que era casi doloroso. Media hora después se secaba envuelto en un toallón blanco. Antes de vestirse se entalcó y perfumó con frascos que había en el tocador; no sin sorpresa observó que abundaban los detalles femeninos, más allá del empapelado rosa: quizás el cuarto había pertenecido a una querida. Se echó en la cama y dormitó un rato hasta que vino el mismo sirviente para llevarlo al comedor.

En la cena, a la que asistieron, además del comandante y el teniente Lavalle, otros dos oficiales, la conversación se desarrolló en francés del principio al fin. Fueron servidos por criados descalzos, cuya ocupación constante era renovar las botellas de champagne, que se vaciaban como por arte de magia; cada vez que entraban o salían se agitaba la luz de las velas produciendo deliciosas escintilaciones de palabras en la cabeza del europeo, quien pasado un primer momento de perplejidad descubrió que sí podía comer y beber en abundancia, y no dejó de hacerlo ni por un momento. Disfrutaba de la velada, aunque sabía melancólicamente que el brillo de la conversación y el arte consumado con que lo obligaban a ejercer una desdeñosa condescendencia de metropolitano no eran otra cosa que un espejismo que se desvanecería en un abrir y cerrar de ojos. Después de todo, se decía, los buenos modales son una ilusión transparente como el aire, y estos contradictorios atroces caballeros sólo existían en tanto eran representaciones del vacío inocuo de la estrategia. El teniente Lavalle trinchaba un pato con instrumentos de plata, y de vez en cuando le lanzaba una mirada difícil de interpretar.

Se reían de sus desventuras gastronómicas en la travesía, según el relato pormenorizado del teniente. Duval también soltó una carcajada, y mientras daba cuenta de una docena de ostras se preguntaba si no habría sido un sueño. La anécdota, tan reciente, de la vizcacha, hizo llorar de la risa al coronel.

—Yo también intenté comer una vez uno de esos ratones inmundos —le dijo—, y el resultado fue el mismo.

Hablaron de las comidas autóctonas.

—Con los animales que cazan, decía uno de los oficiales residentes, los indios preparan platos más complicados de lo que podría esperarse de su pobreza. Pero a un blanco le es difícil habituarse, y si lo hace puede perder el sabor de la cocina convencional.

—No perdería gran cosa —dijo Lavalle.

Su tío lo contradijo:

—Puede ser motivo de una eterna melancolía.

Hablaba como si lo respaldase una experiencia personal. Tenía una buena dosis de misterio. Duval se preguntó a qué curioso azar respondería que esos caballeros refinados y *bon vivants* hubieran ido a parar al desierto. Pasado un rato, la conversación volvió a asuntos de interés más inmediato. El teniente, que hacía casi un año que faltaba de Pringles, inquiría por las novedades, pero era muy poco lo que podían decirle. Aun cuando todos lo habían visitado al menos una vez, los oficiales de Azul tenían a aquel sitio por algo remoto e inaccesible, casi como los dominios indígenas. Además, estaban bastante ocupados con sus propios problemas: dos meses atrás Azul había recibido la visita inopinada de un malón... Duval se sobresaltó y prestó oídos al relato. Habían sido diez mil indios, en un ataque relámpago; vinieron de noche en su caballería más veloz, y al marcharse con todas las reses dejaron un millar de degollados y a casi todos los soldados sin esposas. Durante semanas se habían visto obligados a subsistir de la caza y la pesca; recién ahora estaban reponiendo los rebaños.

—¿Qué indios eran? —preguntó Lavalle.

—Desconocidos. Debían haberlos visto, pintados, emplumados... Todo un espectáculo. Por lo visto vinieron de muy lejos. Según nuestros "mansos", eran guerreros de Catriel, lo cual es muy dudoso.

Inmediatamente después del ataque, relató Leal, envió una partida a Pringles, suponiendo que podía haber sido devastado, por hallarse en la ruta obligada del malón. Pero no era así. No habían visto las columnas, y a la partida ni siquiera se le permitió pernoctar en el fuerte. Demás está decirlo, sus oficiales no obtuvieron audiencia con Espina.

—Como ven —concluyó—, el reducto conserva su hermetismo. Por momentos pienso si no nos convendría a todos olvidarnos de su existencia.

—Se me ocurre algo —dijo Lavalle—. ¿No es posible que el coronel haya concertado una paz separada con Catriel?

Leal se rió ruidosamente.

—¡No, de ninguna manera! Ninguno de los caciques importantes, y Catriel menos que cualquiera de ellos, se tomaría la molestia. De hecho no creo que sepan siquiera que allí hay un fuerte, porque el bosque mismo cuyas puertas se supone que protege, lo oculta. Las expediciones bélicas de los salvajes, para ganar tiempo, salen a la pampa muchas leguas antes de Pringles.

Volviéndose hacia Duval, procedió a darle una explicación suplementaria:

—La disposición de las dos líneas de fortines, que le debemos a las elucubraciones del inepto Alsina, ha sido tan torpe y tan excesiva y prematura que lo único que logramos fue crear entre ambas una tierra de nadie imposible de custodiar, en la que las hordas se mueven con toda comodidad. Se suponía que la nueva línea, de la que Pringles es el punto central, volvería obsoletos nuestros dispositivos defensivos y permitiría el asentamiento de colonos, pero no ha sido así: seguimos recibiendo tantos ataques como antes, y tan inesperados, mientras Pringles se vuelve cada vez más lejano, como un planeta que se apartara de nuestra órbita.

Tomó un trago de champagne antes de continuar:

—De hecho, el fuerte debería haberse derrumbado por el peso de las circunstancias, y es lo que habría sucedido de no ser por Espina; sin él Pringles dejaría de existir en un instante. En aquel ambiente trastornado sus defectos han resultado virtudes: su desenfreno y salvajismo lo preservan de la muerte violenta que seguramente merece. Asimismo, dicen que es un notorio avaro, lo que estimula su iniciativa. Ha hecho tratos con algunas tribus y mantiene un comercio muy activo; hasta nosotros, por ejemplo, llegaron una vez unas piezas de la famosa loza blanca de los indios. Más aún: imprime dinero, como los caudillos de la Mesopotamia... En fin, todo se le perdona en nombre de su aptitud milagrosa para sobrevivir, aunque la utilidad que pueda tener para nosotros esa supervivencia es más que discutible, como lo prueba el malón que nos visitó días atrás.

El cuadro que se hacía Duval del personaje estaba recargado de matices sombríos. Se preguntaba cómo sería trabajar para un individuo como aquel, omnipotente e impune. Ni siquiera sabía cuál habría de ser su trabajo, pues recibiría *in situ* las instrucciones del fantástico coronel.

—¿Y qué saben de las condiciones de vida? —preguntó el teniente—, ¿han tenido hambrunas?

—¿En Pringles? ¡No lo creo! —se rió el coronel—. ¡Más bien todo lo contrario! Aunque lo conozco muy poco, podría asegurar que Espina se privaría de cualquier cosa menos de la comida. Supongo que la necesita para mantenerse en movimiento, como un cocodrilo necesita sus siestas en el barro. Y con el bosque al alcance de la mano, por así decirlo, tiene a su disposición un aprovisionamiento ilimitado de caza menor y mayor, con el solo expediente de encontrar (y ha tenido tiempo de sobra para hacerlo) uno de esos bolsones llenos de jaguares y venados. Que los indios le permitan irrumpir en sus cotos, es otra cosa. Pero Espina tiene muchos recursos. Pertenece a esa casta de bárbaros opulentos, elocuentes en transformaciones de la fortuna, siempre colmados aunque son un imán para la miseria. Hace unos años —siguió dirigiéndose al francés—, poco después de la fundación del fuerte, se corrieron historias de antropofagia, naturalmente falsas y muy comunes en estas circunstancias, al punto que podría decirse que sin uno de esos mitos ninguna fundación puede considerarse consumada. Una vez le mandé al coronel un recorte del diario de Las Flores con su caricatura como Nabucodonosor pastando hierba... Pero no se alarme, usted mismo podrá desmentir dentro de poco toda la fábula; hoy día supongo que Espina debe preferir las charatas que les compra a los indios y que sus cocineros le rellenan con trufas y ciruelas.

—¿No está prohibido el comercio con los indios?

—La ley no tiene el brazo tan largo. Todo lo que se haga de aquí en adelante —hizo un gesto delimitatorio hacia el occidente— no responde a ninguna autoridad, a ninguna legislación. Pero, fíjese qué curioso... no creo que con su tráfico Espina violente ninguna orden, ya que lo hace con el dinero que él mismo imprime; de modo que para el gobierno central ese negocio es positivamente inexistente.

Los criados volvieron a llenar las copas, en las que Duval ahogó su asombro, y el coronel cambió de tema:

—No le envidio la suerte a esos desdichados que llevan a Pringles —dijo suspirando. Se dirigía al francés—. Si las condiciones en que viajan le han parecido malas, espere a ver lo que tendrán que soportar los pobres diablos, hombres y mujeres..., salvo que lleven alguna lo bastante atractiva como para el serrallo...

Miró interrogativamente a Lavalle, que negó con la cabeza:

—Ni soñarlo. La habrían vendido en Buenos Aires a los estancieros. Éstas son para la tropa, aunque vienen tan maltratadas y cargadas de hijos que no creo que ni siquiera los soldados se dignen aceptarlas.

—En ese caso... no sobrevivirán mucho. Los cargamentos de presos a Pringles son incesantes, hemos contado uno por año en los diez que lleva el fuerte, cada uno con más de mil convictos, ¡y la población de Pringles, hoy, no pasa de 300 blancos! Por supuesto, son criaturas a las que la sociedad ha vuelto definitivamente la espalda y no aceptaría volver a ver... Pero ¿para qué mandarlos a una muerte tan acelerada e improductiva, cuando sería más fácil hacerlos trabajar o servir? Otra más de las tantas veleidades de nuestro estúpido gobierno. ¿No has observado algún indicio de cambio? —le preguntó al sobrino, a quien sabía bien relacionado con miembros del Estado Mayor.

—Ni el más mínimo. Creo que más bien prevalece la opinión contraria. No me extrañaría que amplíen la pena del destierro a otros delitos, menores aún.

—¿Hay mucha deserción? —preguntó Duval.

El coronel prefirió darle una respuesta metafórica:

—Pasado cierto límite (tendrá que habituarse, aquí siempre estamos hablando de límites y fronteras) todo es deserción, ya que nadie está en su justo lugar.

Después de los rollos de chocolate con helado se levantaron y fueron a la biblioteca del coronel a tomar el café. Estaban en sus cuartos privados, en los que había querido agasajarlos por su parentesco con Lavalle, y como muestra especial de deferencia hacia el huésped extranjero. Los muros cubiertos de libros encuadernados, algunos viejos óleos de caza, los sillones de cuero y la luz velada creaban una atmósfera insólita de club inglés. El café estaba bien preparado, fuerte y aromático, pero a Duval no le sorprendió ver que todos preferían llenar una y otra vez sus copas de coñac.

El coronel le indicó un asiento junto a su sillón.

—Quizás lo hemos asustado un poco con nuestra charla —le dijo confidencialmente—; pero no nos tome en serio. Nos aburrimos, y pasamos el tiempo con habladurías, por lo que es muy probable que hayamos exagerado. En Pringles, a pesar de todo, encontrará ciertas comodidades de las que hacen agradable la vida. Todo es tan decadente... Podrá disponer de cuantos sirvientes desee, y de muchísimo tiempo libre, sea cual sea su trabajo.

Su expresión se volvió soñadora.

—Y le aseguro que vale la pena el ocio en Pringles: hace ya ocho años que estuve allí por primera y última vez, y lo recuerdo siempre, el bosque paradisíaco, el Pillahuinco... No creo que haya en el mundo una región de tanta belleza. Lá, tout n'est q'ordre, beauté, luxe, calme et volupté —terminó trazando un arco con el cigarro.

El joven ingeniero no le respondió, ni supo qué debía pensar. Cuando se retiró, antes de la medianoche, descubrió que le habían tendido la cama con sábanas de raso. Le resultó difícil conciliar el sueño bajo techo y en una cama, y se despertó con la primera luz del alba aunque no se oía el menor ruido.

Se quedaron todo el día y la noche siguientes en Azul, cargando las provisiones para los treinta días de viaje que faltaban aún. La tropa permaneció acampada a una legua del fuerte, y desde la mañana a la noche hubo un paseo constante de curiosos montados en caballos o calesas que iban a ver con sus propios ojos a los terribles presos camino de la frontera. Pero la visión de aquellos despojos era decepcionante, pues varios meses de cadenas los habían reducido a los huesos.

El francés almorzó en compañía del coronel, los dos solos esta vez, exceptuando los mortales soldados que les servían, con manos blancas y quebradizas, becadas terrosas y puré. Cautivaban su mirada dos cuadros idénticos en la *boiserie*, sobre la calva minúscula del coronel, aunque no lograba concentrarse lo suficiente para decidir qué representaban. Trajeron rodando un batidor de caoba, de donde sacaron el helado en una cuchara de plata. La sobremesa se prolongó varias horas, el anciano hablando sin parar en su francés anticuado, y soplando las copas. Terminaron adormecidos en los sillones del gabinete, después de vaciar seis botellas de champagne y una de coñac —el gato del coronel iba a buscar los corchos que le arrojaban—. Al fin, le preguntó si tenía interés en recorrer el asentamiento, y Duval dijo que nada le daría más gusto que conocer a los indios.

Leal retrajo las mejillas en una vaga sonrisa.

—Sería imposible no verlos, con lo que abundan. Pero no se haga muchas ilusiones, porque son básicamente tediosos.

—Creí que me sorprenderían.
—Todo lo contrario.
Mandó llamar a un teniente francófono y los presentó. Era casi un niño, un rubio de piel transparente y rasgos femeninos. El francés supuso que se trataría de otro vástago de la plutocracia enviado al campo a completar su educación. Hablaba con voluble timidez.
—¿Máquinas o indios? —le dio a escoger.
—Indios, por supuesto —repuso el ingeniero—. Émbolos y poleas se han extinguido como los dinosaurios. Quiero ver a mis semejantes salvajes.
El joven se rió.
—Ya no son salvajes, desdichadamente —le dijo.
Fueron a las tolderías, montados en sedosas yegüitas blancas. En el aire lívido, se alzaban las moradas, muy lejos unas de otras en una gran extensión de terreno. ¿La dispersión no las hacía más vulnerables ante un ataque? En efecto, concedió el teniente, pero eso no tenía la menor importancia. Los toldos eran demasiado pequeños, la vida demasiado amplia. Aunque se hallaran todos reflejados en la punta de una aguja, seguirían siendo inadecuados para el paisaje. ¿Su disposición guardaba algún orden? Aunque el joven lo negó, el ojo del francés, ejercitado en los trabajos topográficos, creyó discernir un doble arco, siquiera vacilante, que fue descartado como ilusorio por el guía: la prueba, arguyó, era que cada vez que se producía un malón, los indios se refugiaban en el fuerte y sus casas eran reducidas a la nada. Al salir volvían a armarlas en cualquier sitio.
—A ese azar me refería —dijo el francés.
—Se colocan a la ventura.
—Los palacios también se han edificado en un lugar casual.
Lo distrajo la cantidad inusitada de perros, no menos que su aspecto curioso: pequeños como galgos enanos, con un hociquito en punta, que podía indicar una mutación en los hábitos alimentarios por la extinción de los ratones americanos, de color gris claro y totalmente mudos.
—¿Cómo harán para mantenerlos? —preguntó.
—Son frugales como los ángeles —respondió el teniente—: un insecto, una brizna de hierba, no necesitan más.

Atrapó uno para que Duval lo sopesara, no debía pasar de los cien gramos, quizás menos, comprobó acariciándolo. Sólo esta ligereza les permitía moverse, pues no tenían el mínimo de fuerza en los músculos, y su mordedura, como le hizo probar, era tan inocua como la succión de una mariposa.

Igualmente notable era la cantidad de niños que corrían por todos lados en grandes bandas chillonas, o arrastraban complicados juguetes de papel: todos delgados, con el abdomen prominente y pelo negro lacio. Las voces, de timbre delicado, parecían siempre lejanas.

–Las mujeres no hacen más que procrear –decía el teniente, explicando de modo indirecto el efecto acústico–; si no las impregnan sus maridos lo hacen los soldados, que las están visitando todo el tiempo. El flujo de los nacimientos es constante, continuo e ilimitado, y permanece en suspenso, sin desenlace, pues el comunismo de los indios hace imposible toda taxonomía familiar... ¿No es raro? Hasta el momento nadie ha ideado el modo de sacar provecho de la situación.

–¿Provecho?

No le respondió nada. Duval sintió un escalofrío en la espalda al tratar de imaginarse la clase de ideas que un adolescente fantasioso podría concebir en una frontera, desierta, increíblemente poblada. Los mecanismos de una prehistoria son demasiado atractivos, pensó. Quizás debería haber visto las máquinas.

De pronto, se había dado cuenta de esto: aquel jovencito no tenía secretos, su ser entero se entregaba con candidez al observador ocasional, y eso era así por la necesidad más fatal. Y podría recorrer el mundo entero que no vería otra cosa: los seres humanos no tenían misterio. Nunca lo habían tenido: eso los hacía humanos. En el preciso momento de su vida en que tuvo esa revelación, sintió una gran sorpresa liberadora. Le sorprendía que no fuera necesario ir a Laputa o a Pringles en busca de oráculos. ¡Qué gran futileza!

La cena fue copiosa, y esta vez se realizó en el comedor principal del fuerte, con la asistencia, en uniforme de gala y guantes blancos, de la oficialidad en pleno. Hubo música interpretada por indios, y una larga sesión de bebidas. Como el coronel dormía hasta tarde y emprenderían el viaje al amanecer, se despidieron allí mismo;

Lavalle por unos pocos meses, ya que solía viajar a la capital con despachos; el ingeniero, en cambio, por todo el lapso de su contrato, que era de un año.

—Nos veremos de aquí a doce meses, entonces —dijo el coronel Leal, y agregó—: para usted será una experiencia inolvidable; lo creo con condiciones para sacar de ella las mejores enseñanzas.

A la mañana siguiente en unas pocas horas de marcha habían perdido de vista Azul y volvían a encontrarse en la soledad de la pampa, más llana y vacía que antes. El único alivio de la inmensidad, cada dos o tres días, estaba representado por algún ombú gigante, siempre aislado. Los ombúes eran plantas curiosas, deformadas por la atmósfera, semejantes a un baobab, aunque mucho más bajas, con grandes ramas fatigadas que se apoyaban en la tierra y hojas venenosas de un verde casi negro.

La travesía seguía siendo absolutamente monótona, salvo que ahora se reforzaban las guardias de noche, pues estaban en territorio indio. En los días más claros divisaban la línea azul de las montañas sobre el horizonte, y alguna vez creyeron ver jinetes a lo lejos, en el tornasol, pero desaparecían en cuanto los miraban. Una tarde sopló una brisa más fuerte que las habituales (la región no tenía vientos, le explicaron) y como venía del occidente, trajo un vago perfume de vegetación, en el que los soldados decían sentir el olor del Pillahuinco. El francés hinchaba los pulmones tratando de saturarse de los efluvios. Respiraba y respiraba, metódicamente, y se justificaba diciendo que si no lo hacía moriría de tedio.

La primavera se adelantó poco a poco. A veces se encaminaban por vastas alfombras de flores minúsculas rojas y amarillas, cubiertas de abejas, o bien sobre leguas de manzanilla que al ser pisada soltaba un aroma embriagante; o pequeñas violetas, tan numerosas que volvían azul todo el campo sin dejar ver la tierra. Ninguna hierba se alzaba más de diez o doce centímetros, con excepción de algún cardo solitario con el penacho lila impregnado de polen en el que se teñían los tábanos perezosos.

Las lluvias, heraldos del tiempo cálido, caían sin interrupción día y noche; nunca eran violentas, por lo general no pasaban de una delicada llovizna suspendida en el aire, sin consistencia ni dirección, y a la que terminaron por habituarse tanto que apenas si la sentían. Siempre muy alto, y siempre solos, pasaban los pájaros que volvían del oeste, moviendo las alas sin ruido en el aire húmedo, como peces. Cuando marchaban por los chañaritos se sentían gigantes sobre un bosque en miniatura, que reproducía en todos los detalles uno de verdad; *alpataco* se llamaba una especie de arbolito bonsái, de un pie de alto.

Todos los días gozaban del espectáculo del arcoíris, a cualquier hora en que el sol lograba introducir un rayo entre las nubes. Nunca sabían dónde habría de formarse, a veces tan próximo que las lentas carretas parecían a punto de pasar por debajo; otras muy lejos, fino y frágil como un cristal.

La tierra transformada en barro producía un ruido sensual bajo las patas de los animales. La profusión de insectos que subía del suelo húmedo era interminable: grandes mosquitos que saltaban como langostas, arañas que tejían redes en forma de cúpulas, hermosas chinches verdes de la forma y dimensiones de una moneda, con arabescos siempre diferentes (Duval comenzó una colección, no movido por impulso de naturalista sino por el simple placer infantil de desplegar sus ejemplares sobre una manta cuando se detenían y ordenarlos en hileras), y sobre todo las grotescas libélulas con sus ojos saltones que podían desprenderse con una pequeña presión y quedaban en la palma de la mano como dos bolitas rojas; vieron también un insecto curioso, una especie de mantis que los gauchos llamaban "tata-dios", del tamaño de una paloma, y con tantas articulaciones que no se llegaba a verlo en su forma definitiva, pues siempre se desplegaba un poco más.

Pero nada igualaba, en cantidad y en efecto, a los sapos que habían salido de la nada, pequeños como huevos de perdiz, y alguno enorme, desproporcionado, pues no había términos medios. Se apartaban al paso de los caballos con sus saltitos que se les hicieron tan familiares; hermosos, de un verde que iba del azulado al amarillo y con escamas elaboradas y brillantes en el lomo, ocupados en tragar insectos con voracidad insaciable. Este trabajo fascinaba a Duval no menos que la cantidad. A veces se entretenía calculando la cantidad de sapos que habría en los millones de leguas de campo virgen del país; multiplicaba el número de los que ocupaban un metro cuadrado (un centenar) por diez mil, y esta cifra por cien, y el resultado por mil, y el resultado por cien millones, y aun así sabía que no se había acercado ni remotamente al total; se divertía comparando la cantidad con la de minutos o segundos que hay en un año o en una vida humana, dejaba vagar su fantasía por las grandiosas multiplicaciones de la reproducción, de la inutilidad de esos seres. Y cuando avanzaban por ese mar de pequeñas joyas verdes que saltaban o se petrificaban hipnotizados por el sol, sentía crecer en el pecho una curiosa exaltación.

"La especie lo es todo", pensaba, "el individuo no cuenta; el hombre se desvanece en el mundo..."

Lo que a otros hubiera intranquilizado, a él lo llenaba de un gozo inexplicable: anticipaba placeres con los que ni siquiera había soñado aún, y a cada paso que daban hacia el occidente salvaje y misterioso le parecía introducirse en el reino sagrado de la impunidad, es decir de la libertad humana, algo que en la vieja Europa no le habían enseñado y que debería aprender en las selvas americanas, al precio de su disolución.

Como un elemento más de la misma idea, estaba la mudez de los animales, que se acordaba con todo lo demás; los hombres tampoco hablaban, el hastío del viaje había agotado los pocos deseos de hablar que mostraban al comienzo; pasaban días enteros sin dirigirse la palabra, sin que se pronunciara una sola sílaba entre los cientos de soldados y convictos.

"Todo es pensamiento", se decía Duval.

"El lenguaje no existe."

Se dejaba penetrar por esa serenidad inhumana, y luego la expulsaba con una idea: "Todo es posible".

"Si el lenguaje no existe, todo es posible."

"Todo me está permitido."

En el curso de las largas horas de lluvia y calma, el chillido lejano de un ave oculta en los pajonales o en lo alto del cielo, el grito agudo de un tero o un chimango sólo servían para hacer resaltar la firmeza silenciosa del paisaje.

El horizonte permanecía vacío, día tras día. Los soldados cabalgaban y cumplían sus deberes con suprema indiferencia. Ya mucho antes de esta etapa Duval había renunciado a trabar amistades entre ellos; le habían parecido extraños: ahora empezaba a comprender que también eso era necesario. Los soldados eran ex convictos (como los que ahora llevaban encadenados en los carros) que habían sobrevivido quién sabe a costa de qué concesiones a la existencia en la frontera y habían llegado a adaptarse a la inutilidad de la vida militar. Sólo se ponían en movimiento para atrapar algunas alimañas, bolear ñandúes o desnudar a las trémulas maras; y a veces aceptaban a su lado a las presas, cuando el teniente Lavalle se encontraba de humor como para permitirles el dudoso placer de escoger una para la noche y hacía que las desencadenaran y gozaran en las sombras.

El silencio se manifestaba en todo, aparecía y desaparecía..., era blando como el aire, y a veces rígido como una piedra. Duval respiraba, profundamente, respiraba como nunca antes lo había hecho, con una especie de creencia incierta en la realidad de la vida. En ese avatar del tedio del viaje, el ingeniero se sorprendió de pronto contando sus respiraciones. Le pareció haber dado con la utilidad más primitiva de los números, y pensó que si lograba completar la cuenta de ese movimiento del aire delicado, lograría contar el número de la tierra y del silencio, y del miedo de los caballos, y seguía rezando números nubosos con el ritmo del pecho y de la cabeza. En realidad había perdido la cuenta desde el principio, aunque no por eso dejaba de sentir que se trataba precisamente de un cálculo. Era su novela. Más que la acumulación en el tiempo, le agradaba considerarla un cálculo de la unidad, una precisa, lenta e inmóvil división que realizaba con silencios atmosféricos; las ensoñaciones matemáticas que le hacían posible vivir en el aburrimiento trivial del desierto encontraban su campo natural en las mariposillas de la respiración, en esa constancia duplicada, inhalación y exhalación.

Cabalgando de frente al último sol del día, hizo unas cuentas con el reloj en la mano. Buscaba la cantidad, forzosamente aproximada, de sus respiraciones desde que nació. Se imaginaba la red de músculos muy precisos, de insecto casi, puestos en marcha una y otra vez para atraer y expulsar el aire. No sería difícil hacer una máquina que pudiera trabajar indefinidamente de ese modo, ¿pero para qué serviría? Colocada por ejemplo en una de estas inmensas llanuras que atravesaban, donde quedaría olvidada durante mil años... Aunque más artístico, se dijo, sería dejar un representante de esa máquina, una piedra por ejemplo (cualquier cosa serviría), se la imaginó oblonga, del tamaño de una rata grande... Por un instante casi pudo verla, vívida. Mientras fantaseaba de ese modo no era consciente de que seguía respirando, y después lo pensó, con una sonrisa.

Pero ninguna de sus fantasías lo preparó para el suceso que tuvo lugar pocos días después, una manifestación del silencio, algo inquietante quizás, pero al menos quebró la monotonía y le dio algo nuevo en qué pensar.

Una tarde avistaron a lo lejos, hacia el sur, un movimiento que hacía ondular una franja de tierra; no se levantaba polvo por la simple razón de que no lo había en el suelo esponjado por las lluvias. Todos parecían saber de qué se trataba, menos Duval, que taloneó el caballo hasta ponerse a la par del teniente.

—¡Las perras! —decían los soldados.

—¿*Les chiennes*? —le preguntó extrañadísimo a Lavalle.

El teniente torció la boca en un gesto de irritación.

—Otra de las contingencias ridículas remanentes —le respondió de malhumor. Aquello parecía impacientarlo, pero con una especie de repugnancia cansada. Era como si considerase a la llanura como un teatro de acontecimientos estúpidos, y éste fuera el que rebalsara la copa de su paciencia.

Se trataba de una manada de otarias, una suerte de perras salvajes, nada peligrosas, condescendió a decirle, siempre que se tomara un mínimo de precauciones.

Duval volvió a mirar el horizonte. Debían de ser una cantidad considerable. Pero nadie se mostraba alarmado, excepto los caballos, que captaron muy pronto el efluvio de aquellos seres y temblaron más de lo habitual. Por lo visto, no se molestarían en cazarlas (quizás no fueran comestibles). La manada seguía aproximándose, y por la dirección que llevaban Duval calculó que pasarían junto a ellos. Era absurdo, pero no le importaba. Aquellas otarias no temían a los seres humanos.

Se acercaban sin un solo ruido; también ellas debían de ser mudas. Aunque si prestaba mucha atención oía un zumbido cascado y profundo, que quizás era producido por los pasos.

Antes de media hora ya podía verlas: eran grandes perras finas, semejantes a los galgos, todas de color gris, sin orejas, hocico afilado y largas colas de felino que llevaban arrastrando lastimosamente. Tenían un paso desgarbado y avanzaban con pesadez paradójica en seres tan etéreos; era como si la torpeza fuera una afectación, casi un exceso de elegancia. ¿Cómo oirían? Había creído hasta ahora que todos los mamíferos tenían orejas.

Al fin estuvieron junto a ellas y pasaron a pocos metros de distancia. No los miraron. Una indiferencia como la suya no se conquistaba de la noche a la mañana. Vistas de cerca, lo que más llamaba la atención eran los ojos. No tenían párpados, y la pupila flotaba en un óvalo rosa sin iris; las pesadas ojeras colgantes les daban un aspecto aciago. Se hubieran dicho ojos de una vieja alcohólica, si no fuera porque cada uno estaba de un lado distinto de la cabeza y era imposible verlos al mismo tiempo. El olor los inundó, una suerte de algalia imperceptible, pero que llenaba el cielo y la tierra. Duval apretó las dos manos abiertas en el cuello del caballo para tranquilizarlo, porque su culebreo histérico ya amenazaba la estabilidad. Los soldados, menos amables, anestesiaban a sus cabalgaduras con vigorosos puñetazos. Fue retrasándose insensiblemente, y terminó a la par de una de las últimas carretas. Los prisioneros miraban a las otarias con desdén. De pronto se oyó el llanto de un niño, que hizo que Duval apartara los ojos del espectáculo de la manada y buscara el origen del debilísimo sonido entre la población no menos fantasmal de la carreta. Casi todos los bebés que llevaban las mujeres habían muerto en el curso de la travesía. Cuando lo vio, la madre lo hacía callar metiéndole el pezón en la boca; el niño mamó con movimiento automático un momento antes de dormirse. La mujer alzó la vista y la cruzó con la del francés...

Duval sintióse perturbado, no sabía si por el silencio sobrenatural, o por la situación tan fuera de lo común, o bien por una cualidad especial de aquellos ojos lejanos y catatónicos. La mujer, que llevaba puestos los restos andrajosos de dos vestidos diferentes, era pequeña, tan delgada y consumida que la habría tomado por un niño. Debajo de la gruesa capa de suciedad que la cubría, sus rasgos eran negroides, y tenía el cabello corto, erizado y grasiento.

Cuando dejaron atrás a las perras, se sintió melancólico. Todo era tan inútil. El teniente debió notar más tarde ese estado de ánimo, pues lo convidó con un trago de coñac.

—¿De dónde vendrán? —le preguntó.

Lavalle se encogió de hombros.

—¿No las cazan?

—A veces, muy rara vez, organizan una partida. Me han dicho que sacan muy buenos filetes de las nalgas, pero nunca los he probado; si falta comida, una manada como ésta puede alimentar durante meses a una tropa. Al parecer también tiene su utilidad la grasa.

—No creo que tengan mucha. Se les ve el esqueleto.

—Es cierto. Siempre están en movimiento, hasta dormidas, por eso precisan una reserva de grasa, que siendo tan poca será extraordinariamente rica. Se alimentan de insectos, de sapos, serpientes...

—Me gustaría tener una.

—Son bastante decorativas, sin duda. Aunque no lo pueda creer, pertenecen a la misma familia que las focas. ¿No vio que no tienen orejas? Pero supongo que no se dejarán domesticar, con esa indiferencia...

Un rato después, siguieron conversando; el teniente se mostraba mucho más sociable que antes. Se había desatado la llovizna habitual, después de unas treinta horas de tregua; sobre un fondo oscuro de nubes, el aire brillaba lleno de gotas cristalinas. Lavalle lo convidó a fumar, le pasó la cigarrera, que el francés examinó; le causaba asombro una plata tan pura, sin el más mínimo vestigio de gris.

—Es oro blanco —le dijo el teniente guardándosela en el bolsillo trasero del pantalón. Inició un relato inconexo sobre la dama que se lo había regalado, pero se calló al ver que el francés tenía el pensamiento muy lejos de sus obscenidades. Pensaba en la prisionera.

—¿No podrían llevarlas de otro modo? ¿No habría mujeres que consintieran en seguir a sus maridos?

—No.

—Quizás sí.

—Es lo mismo. Por su voluntad o contra ella, cumplen una función; satisfacen a los hombres. El hombre, en cambio, no cumple ninguna función en la naturaleza. Fíjese en nosotros sin ir más lejos. ¿Se puede saber qué hacemos aquí? En cambio ellas... Se transforman.

—¿Se transforman? ¿En qué?

—Quién sabe. De cualquier modo, tampoco es eso lo que importa. Son musas. Hay muchas cosas... Los indios, por alguna razón que ellos conocerán mejor que nosotros, aprecian a las mujeres blancas como elemento de intercambio, de modo que no bien llegan a la frontera empiezan a "circular" en toda clase de tratos...

—¿Quiere decir —exclamó el francés— que se las *venderán* a los salvajes?

—No hay motivo para escandalizarse. Algunas son tomadas cautivas, o bien un soldado puede cambiar su esposa por caballos, o incluso el comandante puede obsequiar un contingente de bellezas a un cacique en prenda de buena voluntad. Y eso basta para introducirlas al mundo del que serán una de las monedas.

—Me parece horriblemente ruin.

—Le aseguro que cambiará de opinión. Estas mujeres, supongo que ya lo habrá notado, están enteramente a nuestra disposición; por eso hablé de musas. Para ellas todo da lo mismo: la vida o la muerte, un marido blanco o indio... Tenga en cuenta que han sido expulsadas de la sociedad con el procedimiento más drástico, y podría decirse que se encuentran sin destino; precisamente, el uso que les darán los indios prolonga esa suspensión, quizás para toda la vida. ¿No es poético?

Su pretendida especulación exasperaba a Duval.

—¿Pero acaso existen crímenes tan graves que merezcan semejante condena?

—No se trata de los crímenes más graves, sino de los delitos más insignificantes. El castigo es inversamente proporcional.

—No entiendo.

Lavalle inhalaba gravemente el humo. No quiso explicarse.

—El famoso intercambio de mujeres es un lugar común de la etnología. Cuando lo vea con sus propios ojos, comprobará que es inocuo, un teatro inocente, y bastante inútil, como todo lo demás.

El francés había vuelto a distraerse.

—Hoy me fijé en una de ellas... No era la clase de mujer que podría salvar a un hombre. Algunas son demasiado inofensivas.

El teniente comenzó a reírse pero se contuvo y lo miró de reojo.
—No suponía que le interesara alguna de nuestras pasajeras. ¿La quiere? —preguntó con su brusquedad característica—, ¿en qué carreta está?
—No, no —se apresuró a exclamar el francés—, si parecía una viejecita desvalida...
No siguió hablando porque el teniente fumaba con ironía, y lamentó haber pensado en voz alta.

Esa noche mientras daba su habitual caminata alrededor del convoy, para desentumecerse, estaban bajando a los presos a que pernoctaran sobre el suelo y dieran sus pasos de ejercicio diario. Ellos habrían preferido dormir en el sitio donde habían pasado el día, y todos los días anteriores, y se negaban pasivamente a echar pie a tierra, por lo que debían desalojarlos a golpes. Todavía no era noche cerrada, había una luz crepuscular en la que resplandecía el gris lujoso de la lluvia. Los soldados trepaban como monos por las barandas de las carretas, descerrojaban los grillos y arrojaban el extremo de las cadenas a sus compañeros, que jalaban a los presos con brutalidad. Duval, como un sonámbulo, iba contando las carretas, en todas las cuales se repetía la misma escena, hasta llegar a una de las últimas.

En aquellas penumbras aún visibles los convictos eran figuras grotescas; casi desnudos, con brazos y piernas finos como ramas y los vientres abultados, se movían con torpeza y desgano. Las mujeres parecían enanas, muñecas delgadísimas. Pasado un momento, ya sólo se veían las siluetas, con un ocasional resplandor en las cadenas mojadas. Nadie gritaba. Había un silencio mullido por exclamaciones y quejas.

Reconoció de inmediato a la mujer que lo había mirado, aunque no era más que un perfil frágil... Pero en ese momento sintió que él a su vez era observado con fijeza por la sombra ecuestre de Lavalle; por un segundo vio su sonrisa nacarada de alcohol y un movimiento de la cabeza, y el murmullo de los ojos dirigido al tumulto de los convictos, recortado en negro sobre negro, le hizo saber que había seguido su mirada y encontrado junto a él, antes quizás, a la desconocida. Se apartó de inmediato y se detuvo a observar la descarga de la carreta siguiente en un intento fútil de disimular; Lavalle se había ido en la dirección opuesta.

Por la tarde los soldados habían cazado perdices y palomas monteras, que ahora tenían apiladas sobre ponchos. A la luz de los fuegos las pelaron sumariamente y ensartaron en varas para asarlas. Para sorpresa de todo el mundo el teniente hizo distribuir un barril de aguardiente. Y él, por su parte, descorchó una botella de champagne que había enfriado con papel mojado y hojas de bálsamo, y lo invitó al francés a compartirla, con cortesías sarcásticas.

Las aves le resultaron deliciosas. Después de varios días de alimentarse de galletas, y una tira ocasional de carne charqueada, esas pechugas y alones blancos y tiernos lo reconfortaban; Lavalle lo inducía a beber un vaso tras otro de champagne; se mostraba peligrosamente expansivo.

Supuso que planeaba algo, algo malévolo. Y así era. No bien hubo terminado la cena, y la tropa se adormecía en el torpor de la bebida, acuclillados alrededor de los fuegos, el teniente le hizo saber a su asistente que graciosamente acordaba permiso a los soldados para escoger las mujeres que quisieran de entre las convictas para someterlas a sus deseos. Se corrió la voz. Excitados por el aguardiente, no menos que por la perspectiva de una noche de vejaciones, los hombres fueron tambaleándose hacia las carretas con la respiración alterada.

Hubo un momento de confusión, en la que Lavalle desapareció, y Duval aprovechó la oportunidad para acostarse en su recado, que alejó lo más posible, lamentando que la seguridad le impidiese dormir fuera del círculo de centinelas y del alcance de toda señal del escándalo. Pero no había pasado más que un minuto acostado cuando vio avanzar hacia él a una mujer. Descalza, caminaba como una mínima nube sombría trastornada. La luz de un fuego le mostró los rasgos, los ojos entrecerrados. Antes de eso la había reconocido. Volvió a ser una sombra. Se arrodilló a unos metros. Duval sabía que la enviaba el súcubo, era otra de sus bromas. Se quedó inmóvil como un mueble. Ella traía en brazos al bebé dormido, y lo acostó en la tierra; después vino a echarse a su lado. El francés miró vagamente a su alrededor. Debía haber dormido un rato sin darse cuenta, pues el campamento estaba muy quieto. En los recados más próximos los oficiales gemían y se retorcían encima de las mujeres, golpeaban y se columpiaban, pero todo había girado imperceptiblemente en el silencio y parecía remoto. La mujer era la más pequeña que hubiera visto nunca; de modo que no había sido una ilusión producida por la distancia. Estaba en sus brazos. Se acoplaron. Por precaución, el ingeniero se lavó vigorosamente con coñac de su petaca después del acto. Dos o tres horas más tarde lo despertaba la luz de la luna que salía. La noche se volvía un triste día desierto, como los días. Todos estaban dormidos, no se oía nada. Se volvió cautelosamente hacia la mujer, y vio que era muy joven, una niña acaso. Aunque no la tocó, fue como si ella sintiera la mirada y abrió los ojos, que dirigió a los de Duval sin expresión alguna, mudos y límpidos. Volvióse a mirar al niño que dormía apaciblemente. El francés fue transportado por una invencible somnolencia.

Al amanecer ya no estaba. Durante el día evitó acercarse a las carretas últimas. También habría querido mantenerse lejos de Lavalle, pero el teniente parecía buscar su compañía, con el solo objeto de soltarle en la oreja sus carcajadas sádicas.

A la noche volvió a mandársela, y a la siguiente, pero los soldados ya no volvieron a tener permiso de apartar mujeres. Duval y la desconocida no hablaron. No supo su nombre siquiera. La luz de la luna se la mostraba, en su impasibilidad, con rasgos asimétricos, negroides o indios, que le daban aire de permanente distracción o lejanía. Había algo de infantil en la mirada, siempre parecía estar pensando en otra cosa. Los labios eran gruesos y sobresalientes. A veces se despertaba antes del amanecer y la veía amamantar al niño. Sus pechos poco desarrollados parecían tener una carga inagotable. El francés entraba en un mundo ansioso, temeroso, pensativo. La muchacha desaparecía de su mente con aquellos pasos ligeros que la introducían al mundo.

Pero a la cuarta o quinta noche el teniente la hizo venir a su propio recado, cuando los demás aún no se habían acostado. La poseyó de inmediato a la vista de los oficiales, que siguieron bebiendo sin inmutarse. El ingeniero quedó atónito, y tuvo que librarse del desconcierto como de una telaraña, para arrastrar la bolsa de dormir lo más lejos posible, pero los gritos de ella lo desvelaron. Durante la mañana Lavalle acercó su animal al del francés y lo convidó con un cigarrillo. Creyó que le presentaría una excusa por lo de la noche pero no fue así. No parecía acordarse.

Las lluvias habían cesado al fin. La atmósfera de silenciosa neutralidad daba paso a un movimiento más convencional: pájaros que circulaban por el cielo con toda clase de trinos, enormes bandadas de perdices piando, el resoplido seco de las alas del ñandú... Y las noches llenas de silbidos de zorros y charlas de grillos. Los soldados se volvieron locuaces de pronto y no cesaban de contar historias y jaranear, en los fogones o a caballo, llenos de mentiras pueriles, con la ingenuidad de los muy bárbaros. Las noches eran cálidas, y el teniente ahora daba permiso cotidiano de satisfacerse con las mujeres, cuantas veces quisieran. La favorita de los oficiales era una ramera opulenta, que se hacía peinados "nido de hornero", siempre intranquila desde que las circunstancias la habían obligado a abandonar el tabaco.

Pero el viaje ya llegaba a su fin. Los exploradores divisaron en una descubierta un arroyo que marcaba la proximidad de Pringles: desde ahí faltaban sólo diez días. Para alcanzarlo marcharon una jornada entera sin hacer descansos. Al acercarse oían el griterío de las aves; el agua estaba rodeada de grandes mimbres que se sacudían con la brisa. Lavalle pronunció su decisión de quedarse acampados todo un día, pues hombres y bestias necesitaban el descanso antes de emprender el último tramo.

Duval se apartó no bien llegaron; necesitaba un poco de soledad para reponerse. Estaba exhausto de la gente. Demasiadas miradas, en la falta de contracciones de la pampa. Tomó por la ribera. La fronda de hojas afiladas de los mimbres formaba muros, un abrigo glorioso. El agua estaba en sombras, corriendo despacio, profunda. Aquello era un laberinto para él; recién ahora comprendía lo nervioso que estaba. Una zambullida le haría bien, aunque a esta hora de la tarde no hacía calor.

Cuando saltó al agua la encontró demasiado fría, y por un momento no pudo respirar. Nadó vigorosamente hasta que la sangre le volvió a circular. Sentía placer. Para salir, como se hundía en el lodo, tuvo que aferrarse a las varillas triangulares de los juncos. Afuera la brisa le pareció templada, lo envolvía de caricias reconfortantes. Sentado en una piedra se lavó el barro de las piernas, y luego se acostó en el pasto, en un sitio donde caía la luz amarilla del sol. Trató de reconocer, sin éxito, el canto de los pájaros. Le habían dicho que aquí cada pájaro canta con el canto de los otros, nunca con el de su especie.

Más allá sonaban las exclamaciones de los soldados, que también debían estar bañándose o lavando a los caballos.

Un equidna blanco y rosado salió a la orilla, pero volvió al agua al verlo.

Encendió la pipa y fumó un rato, hasta que el sol se volvió completamente rojo. Luego se vistió, sin apuro, y emprendió el regreso.

Oía un fantástico bullicio y griterío en el campamento, tanto que por un instante se preguntó si no habrían sido objeto de una emboscada. Pero las risas le hicieron cambiar de idea, lo mismo que las exclamaciones femeninas. Malició alguna picardía de los gauchos. Apuró el paso, picado de curiosidad, y cuál no sería su sorpresa cuando al asomarse de la espesura vio que los soldados, metidos en el agua, estaban bañando a la fuerza a las mujeres. En el vado el arroyo les llegaba a las rodillas. En medio de una alegría y frenesí generales, las cubrían de espuma con grandes barras de jabón, y luego las sumergían. Si alguna quería volver a la orilla, la hacían caer. El juego había inflamado a los hombres, y las chinas estaban rojas de risa, llenas de encanto agreste.

El teniente Lavalle, que fumaba con las ropas desarregladas tirado en la orilla sobre una piedra rosada de la forma y dimensiones de un cocodrilo, se reía a carcajadas. Con gesto vicioso, les gritó a los soldados que las llevaran a los pajonales, pues de noche tendrían que vigilar. Se hizo un silencio momentáneo. El sol bajo había vuelto roja el agua del vado y también los cuerpos que medio sobresalían de ella, con un resplandor en el que ya estaba mezclada la primera sombra, graciosa y pesada, un silencio y una inmovilidad tensa, por un instante, de expectativa, pero no fue necesario repetirles la invitación: mojados como estaban fueron a esconderse entre la hierba alta de las dos orillas y al rato iban saliendo, con sonrisas estúpidas y las piernas flojas.

De cualquier modo tuvieron tiempo de cazar algunos animalitos: castores y nutrias, patos y, los más habilidosos, anguilas negras reputadas de muy sabrosas. Con la última luz tendieron los asadores y prendieron fuego. Lavalle, que se había pasado la tarde entera bebiendo y estaba más borracho que de costumbre, insistió en que encendieran un fogón en equilibrio sobre su roca violeta y lo invitó a Duval a sentarse con él a cenar. Se reclinaron en la cola algo enroscada de aquel semejante a cocodrilo, y el aura azulada del agua, o el bienestar, les hacían adoptar posturas quizás femeninas. Los asistentes sacaron del arroyo una red con botellas puestas a enfriar en un remanso friísimo. Después trajeron las presas, que el teniente no probó. La conversación fue bastante incoherente, y siniestra la mirada pintada de diminutas llamas invertidas.

Cenaron temprano y de prisa. Desde que subieron las primeras sombras realmente opacas comenzaron los turnos de guardia, quintuplicados por ser allí agudo el peligro, temible por el encierro, las cortinas de árboles silenciosos pero con susurros, que también escondían. Bien pensado, era el sitio ideal para una emboscada. Los indios se desprenderían del fárrago, con pómulos fosforescentes, y los dientes pintados de negro. Los soldados se deslizaron bajo las estrellas a ocupar sus posiciones. El estruendo de las ranas de pronto se hizo fatal. Un sapo a veces las interrumpía con risa lúgubre, pero las ranitas volvieron a cantar. El teniente Lavalle tuvo un giro grotesco del humor, le dio por reírse y hacer bromas antes de fumar el cigarrillo para dormirse. Se puso a gritar que trajeran a "la novia del ingeniero". Dos soldados, que se emborrachaban debajo del saurio de piedra, corrieron a buscarla, seguramente a arrancarla del abrazo de algún cabo.

Después de todo, era una buena excusa para dejar la compañía insolente del ebrio; Duval se la llevó tan lejos como pudo, sin salir del anillo de vigilantes.

La noche fue perfecta. Todas las constelaciones desconocidas brillaron y se desplazaron en el cielo gigantesco, y cuando salió la luna el mundo se cubrió de ese blanco oscuro que despierta a algunos y hace dormir a los más. Las ranas se callaron, después cantaron los grillos y las mariposas, y después se callaron también; después no hubo más que el chistido de las lechuzas, aunque todo estaba en silencio. Sueño y vigilia.

Se despertó con la luz del alba, cuando la luna ya se había puesto. La muchacha amamantaba al niño. Era tan temprano que no cantaba ningún pájaro. Ni siquiera se borraban las estrellas, en remolinos congelados. Tenía los párpados bajos y los brazos sonrosados. El francés la miraba con fijeza. El niño agitaba la mano contra el pecho de la madre y al fin se quedó dormido. Lo acostó en una manta doblada y volvió a tenderse en el recado. No levantaba la vista. Pero por un instante sus miradas se cruzaron. Duval, ante la impasibilidad de ella, se sentía cargado de expresión, casi como los caballos.

Hoy la diana había sido diferida una hora, de modo que podían seguir durmiendo o pensando. La neutralidad femenina, se decía Duval, es un efecto de su entrega; el hombre, en cambio, es expresivo porque nunca se pone a disposición de nadie. ¿Cómo serían los indios? Quizás le enseñaran algo al respecto...

Todo el día fue de descanso, lo pasaron en los oteros del arroyo o en el agua. Lavaron la ropa y los caballos. Al mediodía la hierba estaba cubierta de camisas blancas secándose, y los caballos resplandecían en sus rosas y grises erizados de tan limpios.

Desayuno y almuerzo se confundieron casi, de tan copioso y prolongado que fue el primero; la pesca y busca de nidos los entretuvo. El agua del arroyo enfriaba las bebidas. Durmieron la siesta con las mujeres, pesadamente, y cuando fueron despertándose, en las horas sucesivas de la media tarde, el teniente dio orden de ponerse en marcha, pues no quería volver a pernoctar en un sitio tan peligroso. Cabalgaba al lado de Duval, que lo interrogaba con curiosidad pueril sobre el destino. Lavalle se mostraba menos cínico que de costumbre. ¿Cómo era el Pillahuinco, el famoso arroyo de Pringles? ¿Como el que dejaban atrás? El francés lo había encontrado bucólico.

El argentino silbó un poco.

—Un paraíso. Este arroyito no es nada, un momento. El otro es grande como una vida, un gran edén gigante y eterno. Un sitio riesgoso: el bosque se extiende miles de leguas, nadie sabe hasta dónde, infestado de salvajes, toda clase de tribus errantes, mortíferas por la sabiduría de los venenos. Si el fuerte mismo, en el extremo externo del bosque, se mantiene por milagro, ¿qué será la vida de un hombre?

Siguieron pensativos. El francés se preguntaba: "¿Qué es el peligro?".

A la mañana siguiente habían perdido de vista las arboledas y volvían a caminar por la pradera desierta. Contaban con celosa anticipación los días y las horas. Hasta los prisioneros parecían reanimados. Los últimos días fueron de sol, ya casi de verano. Si el aire estaba limpio podían ver a lo lejos bandadas de aves que bajaban hacia el bosque. La gran indolencia del viaje se deshacía como un color visto desde muy cerca. El francés pensaba en el peligro y en la frontera, que soñaba como un territorio ilimitado, un recorrido que admitía todas las interrupciones, que a cada momento permitiría su entrada, nueva y feliz –tendría que aprender a moverse de nuevo, como un bailarín, con un ejercicio severo, para no detenerse un solo instante en esa red misteriosa–. A veces, en las mareas de pensamiento que dejaba subir, se le presentaba el bosque como un velo tras el cual se adivinaban otras escenas, después las imágenes de la política. La política inmoral sembraba el paisaje de estatuas vivas. Lo embriagaba la combinación peculiar de naturaleza y maquiavelismo.

El penúltimo día de marcha los sobrevolaban, con opresiva neutralidad barroca, espesas bandadas de flamencos, y de la tierra se levantaban nubes de pajaritos grises que llegaban a ocultarles el camino. Los convictos miraban intrigados el horizonte. Lavalle bebía, malhumorado. Duval iba en su espacio privado.

Eran lo mismo, su trabajo de ingeniero y la primavera que transformaba el mundo. Lo estremecían urgencias sin nombre, una inquietud creciente le iba erizando la espalda. ¿Qué debería hacer en aquellos confines? Por ahora sólo Espina lo sabía. Pero abrigaba la esperanza de que fuese una tarea total, que incluyera la vida entera. En su presente estado de ánimo nada menos exaltado podía satisfacerlo.

La despertaba el silencio al terminar un gorjeo, en el pico tembloroso de un pájaro vecino. Debía de ser tarde, a juzgar por las bandas verticales de claridad que pasaban entre los bordes de las cortinas de papel. Pero el niño dormía profundamente en la cesta, y Ema volvió a cerrar los ojos y giró bajo la sábana sin despertar a su esposo. Con un gesto rápido tomó la manta por el borde sacudiéndola: formaba una cúpula blanda que caía lentamente con tibieza moldeando los cuerpos. Él dormía con la boca abierta, la respiración pesada, y Ema sentía irradiar su calor. Se adormeció, hasta que un gemido del pequeño volvió a despertarla, y esta vez fue a verlo: se revolvía en la cesta sin abrir los ojos; lo calmó pasándole la mano por la frente, murmurando algunas palabras. Después se irguió y miró a su alrededor.

Corrió las dos hojas de papel que hacían de puerta, colgadas de una varilla de mimbre, y salió a la veranda del rancho. Era más temprano de lo que había pensado: faltaría una hora para que saliese el sol; entonces se disolvería la frescura que aún persistía en el aire, y que recibió con un estremecimiento a través de la tela delgada del camisón. Sintió un movimiento del nonato en el vientre. A esa hora se despertaba. Daría a luz dentro de cuatro meses, a fines del invierno que todavía no empezaba.

La calle, entre dos filas erráticas de ranchos, estaba vacía. Nadie se había levantado, ni los animales. Unos molinos tenían las aspas quietas. A lo lejos, la luna, casi transparente, grande como una cabeza, ya muy baja. Vio rosarse de pronto unas delgadas nubes que atravesaban el cielo, y en ese momento sonó otra vez el trino que la había despertado, vidrioso y extenso: un jilguero. Con una bolita de sebo colgada del alero habían atraído a una calandria real, que les cantaba días enteros a veces, pero era huraña. En cambio los jilgueros de alas verdes y grises habían hecho amistad con ella y venían a comer alpiste de la mano. ¿Cuál sería el que cantaba? Estaba oculto. Pensó ir a buscar algo para el desayuno. El marido no se despertaría hasta la hora de volver al cuartel; ayer había sido su día franco y lo había pasado bebiendo y jugando a los dados.

Sin más ruido del que había hecho al salir, entró y se puso un vestido que le habían hecho, como toda la ropa de la aldea, las indias. Puso la cesta sobre la mesa y miró al niño, que suspiraba y al fin abrió los ojos, muy serio. Quizás no le agradaba despertarse. Pero cuando Ema lo alzó y murmuró algo, soltó una risa adormecida. Ya tenía diez meses. Era delgado y pequeño, parecía más frágil de lo que era en realidad, con el pelo oscuro muy largo y fino. Con él en brazos, Ema desplegó los biombos en las ventanas para que la luz no despertara a Gombo, y salió. Francisco se frotaba los ojos con violencia.

Salió caminando sin prisa por la calle vacía. En los ranchos se oían ruidos, una palabra, algún llanto pidiendo la teta. Una liebre, de las muchas que tenían los niños de la aldea como mascotas, vino corriendo hacia Ema y se sentó a mirarla. Dentro de un rato, cuando saliera el sol, se pondrían a contemplarlo tan absortas que se dejarían atrapar y matar por los caballos, que las comían.

De un rancho salió una mujer desgreñada, con un vestido blanco tan arrugado que parecía haber dormido con él. Se quedó en el umbral, aturdida y deslumbrada. Los buenos días de Ema la sobresaltaron. Al verla le pidió que la esperara y corrió adentro, para salir de inmediato con un bebé dormido en brazos y un cepillo con el que se arreglaba distraídamente la melena. Se encaminaron al arroyo, entre las primeras señales de vida del pueblo. Todavía no había sonado la primera clarinada del fuerte, pero no podía faltar mucho. Los soldados salían de los ranchos a presentarse, con el tiempo justo, caminando como sonámbulos con el peso de la borrachera de la noche. No veían nada, ni siquiera el día. Tardarían buena parte de la mañana en reponerse. Algunas mujeres, en cambio, volvían de las vegas del arroyo con baldes de leche.

Un soldado dormido se había parado a orinar en el borde mismo de la veranda de su casa, balanceándose peligrosamente.

Ema, la cautiva

Al trasponer una de las lomas en que se asentaban las construcciones quedó ante ellas el fuerte, un edificio alargado de doscientos metros más o menos, con altas empalizadas de bambú de las que sólo sobresalía el mirador, donde dormitaba un soldado, y las torres en los cuatro ángulos.

Volvieron la vista al horizonte encima del arroyo: el cielo se extendía en espirales invisibles hasta la profundidad. Por conductos remotos fluían los pájaros, siempre precipitándose en el momento final de una caída antigravitatoria, y los graznidos, a veces pequeños como una almendra, saltaban vivos.

Igual que todas las mañanas, la escena en el prado era abigarrada y vistosa. A la derecha, en las lindes del bosque, se encontraba la toldería de los indios mansos acogidos a la protección del fuerte. A esa hora hacía mucho que estaban en pie; se reunían a ordeñar sus vaquitas blancas y encendían fogones junto a los cuales desayunaban y fumaban la mañana entera, después del baño. Al alba el agua estaba más caliente que el aire; todos se entretenían nadando desde que aparecía la primera luz en el oriente. El pasto conservaba el brillo del rocío, y en él se recostaban los indios, secándose entre las ondas del fuego, que se hacían visibles con el humo de los cigarrillos. Mientras ellas bajaban, salía del agua un grupo de unos treinta salvajes, sacudiéndose con gritos de júbilo. Junto a un gran fuego donde calentaban café y té, prendieron los primeros pitillos, aspirados con hondura voluptuosa.

Se separaron, la amiga se dirigió a un círculo de indios y Ema al arroyo a lavar al pequeño; se sentó en una piedra con los pies en el agua, más allá del sitio donde jugaban los niños. Tibia, la onda mojaba la piel con rodeos. Alzó unas gotas con la mano y le lavó la cara a Francisco. El niño se retorcía. Había silencio y calma, y se dejó llevar por una ensoñación. De pronto emergió frente a ellos, casi entre los pies de Ema, la cabeza de un indio que había venido nadando sumergido para sorprenderla. Un rostro de rasgos desiguales y boca enorme, y los ojos bizcos, como era tan frecuente en los salvajes. La cabeza se hundía y volvía a aparecer, con habilidad consumada, sin dejar de reírse. Un payaso. ¿No era acaso una cabeza cortada, movida por la fuerza diabólica de la risa? Pero de pronto el indio se estiró a flor de agua y todo su cuerpo poderoso brilló durante unos segundos envuelto en el torbellino de ondas que apartaba, y se alejó nadando.

Pescaban, en el centro del remanso, con nasas y palos aguzados. Antes del amanecer salían los niños a buscar los codiciados moluscos fluviales, que los pájaros en cambio sólo podían encontrar horas más tarde, a plena luz. Y hoy debían de haber limpiado las orillas, porque se oía desde los árboles la queja ronca de las garzas-ibis y de los martín pescadores. Quizás estaban en ayunas y esperaban el momento de robar algo.

Ema miró a su alrededor. Las niñas siempre llevaban colgando del cuello, sobre la nuca, unos minúsculos peines para retocar en cualquier ocasión el lacio perfecto de sus cabelleras negras; se lo pidió a una de las que andaban cerca y peinó cuidadosamente al niño. Tras lo cual se encaminó hacia uno de los círculos donde cocinaban el desayuno. Varias indias e indios, más dos o tres mujeres blancas, esperaban a que se asaran las sartas de grandes pescados abiertos, simétricos como mariposas. La convidaron con melones silvestres, del tamaño de manzanas y sabor agrio.

Tomó con curiosidad un huevo diminuto de una cajita de rafia.

—¿Son de perdiz? —le preguntó a la india que tenía a su lado.

—No. De pintada. Tomá los que quieras.

Las pintadas americanas son más pequeñas que las del África, casi como gaviotas, y sus huevos del tamaño de un dedal gris-verde, con una mancha roja en el vértice. Cascó dos en un vaso de leche que le pasaron, los revolvió hasta que el líquido tomó un color amarillento, y Francisco lo bebió aplicadamente hasta la última gota. Los indios volvían del agua sacudiéndose el pelo mojado. Ema también tomó un vaso de leche y armó un cigarrillo, el primero del día. Aspiró profundamente con los ojos cerrados, y tardó en soltar una larga vara de humo hacia arriba. El sol ya había salido. Brillaba sobre la llanura del otro lado del arroyo. Al fin, todos los pájaros se pusieron a cantar, olvidados de sus miserias. La felicidad diurna los poseía como una fatalidad. Hasta las conversaciones de los cuervos parecían dichosas. Los pescados ya estaban a punto. Los cubrían de sal y condimento blanco. Ema comió la mitad de uno y tomó un vasito de licor de frutas silvestres. Las mujeres armaban los cigarrillos y los llevaban a la boca de los hombres con gesto característico.

Había seguido llegando gente, entre ellos soldados que se bañaban o bebían y fumaban junto a los fuegos. Tenían profundas ojeras y un color cadavérico: debían de haber pasado la noche jugando y ahora venían por un refrigerio antes de ir a dormir o volver al servicio. De pronto aparecieron dos jinetes en los que se concentraron todas las miradas: dos indios, seguramente dos capitanejos, montados en pequeñas yeguas grises, de un gris pálido destinado a contrastar con las pinturas de sus dueños; y éstos estaban pintados de pies a cabeza. Sin apearse se acercaron a unos bañistas, con los que conversaron un instante y se rieron con voces roncas. Todos afectaban distracción, pero estaban atentos.

–¿Quiénes son? –le preguntó Ema a un indio sentado junto a ella, y que en un alarde de buena educación no había dirigido una sola mirada en dirección a los forasteros.

–Dos sobrinos de Caful; no sé cómo se llaman, aunque apostaría a que los padres, que son unos aduladores del cuñado, les han puesto algún nombre ridículo como Baúl o Raúl o algo por el estilo –y soltó una carcajada.

–¿Vendrán del fuerte?

–Han de haber estado jugando toda la noche, y ahora vuelven a dormir a los toldos del tío.

El asentamiento de Caful estaba a varias leguas de distancia. La política de buena vecindad era extraña y complicada, y el mañoso cacique se las arreglaba para hacerla más confusa cada día. Quién sabe a qué rara movida diplomática de doble fondo obedecía la visita de los dos príncipes. Eran verdaderamente espléndidos, pensó Ema, pequeños y hermosos, el cuerpo abismado de pinturas, y largas cabelleras negras aceitadas. Sujetos al recado, llevaban rifles modernos.

Un largo rato más tarde se encaminaba al poblado de regreso, sola. Les había dejado el niño a unas pequeñas indias, que jugaban a las cautivas todo el día. Llevaba las provisiones en una bolsa: huevos, hongos, leche y una lata de té.

En el rancho todo seguía tal como lo había dejado, con las cortinillas cerradas y los biombos. Entró sin ruido. Gombo dormía y no lo despertó. Pero ahora tenía el sueño más liviano, maduro para la vigilia, de modo que se ocupó de preparar algo para su desayuno tardío. Amasó panes con hongos y picantes, y preparó los pescados para freírlos, abiertos y bañados en coñac. Cuando todo estuvo listo fue a sentarse junto a la cabeza del dormido, que se agitaba a punto de despertar. Era un gaucho de unos treinta y cinco años, con arrugas muy profundas para su edad, el pelo largo y la barba completa, gris de canas. Estaba soñando algo.

Sin apuro, Ema armó un gran cigarro, con una hoja que enrolló y desenrolló varias veces, y una mezcla de hierbas que sacaba de una cajita. Lo encendió en sus labios y sopló un par de veces hasta rodearse, ella y el dormido, de una nubecilla; el olor llegó a despertarlo, abrió los ojos y la miró sin expresión. Ema le tomó la cabeza con una mano y la alzó un poco apoyándosela contra el muslo. Le puso el cigarro en la boca y lo retiró un momento después, sin esperar a que aspirase; repitió la operación una y otra vez, mientras él volvía poco a poco a la vida, adecuando la respiración al enorme rollo de hierbas. Al fin las nubes de humo espeso y punzante, grandes como las de la atmósfera, empezaron a entrar en sus pulmones y evaporarse por la sangre en dirección al cerebro.

El estado de sus ojos hablaba a las claras de los desarreglos de la noche demasiado festejada.

—¿Estás despierto? —le preguntó.

Dijo una palabra incomprensible y tosió. Le llevó a la boca una taza de leche y la sostuvo mientras bebía. Era anoréxico, y lo más probable es que no volviera a alimentarse en los dos días que pasaría de guardia en el cuartel. Los soldados, en general, se mantenían en pie a fuerza de cigarrillos y bebida. Apoyado contra el vientre de la esposa, sintió de pronto un movimiento acuoso y se sobresaltó.

—¿Qué hora es? —le preguntó.

—Hay tiempo —le respondió ella. Fue a poner al fuego los pescados.

Preguntó por el niño. Sentado en la estera, en calzoncillos, se pasó un cepillo por el pelo y la barba, desperezándose sin cesar. Ema le preguntó por los dos sobrinos de Caful, que la habían intrigado.

—¿Dónde los viste?

—Hace un rato, en el arroyo. Salían del fuerte en dos yegüitas grises, y me dijeron que volvían al campamento del tío.

Gombo suspiró:

—Vienen a jugar, cargados de oro y ágatas. Deben haber perdido todo, de otro modo habrían comprado caballos.

Se quedó pensativo un rato.

—Aunque podrían tener otros motivos. Dicen que Caful está tramando una nueva paz con Espina. Ha tenido muchas visitas estas últimas semanas.

—¿Pero acaso no hay paz?

—Supongo que Espina quiere una paz más complicada, más vidriosa.

Se levantó y abrió las ventanas. El cielo estaba cubierto de blanco, y una opresión creciente indicaba que tendrían tormenta. Salió a la veranda y le silbó a los pajaritos. Se quedó afuera; abrió una mesa de cañas y dos sillas.

Ema trajo una cesta de pan, los pescados, huevos saltados, una botella de vino blanco y una fuente de frutas lavadas. Comieron sin apuro, conversando.

Cuando quedó sola, volvió adentro y en unos minutos lavó los trastos, y dobló y guardó en un baúl las esteras en las que dormían.

Después, sin nada que hacer —y el calor le impediría dormir la siesta adentro—, salió al minúsculo jardín hundido del rancho, en el que había plantado algunos gajos y bulbos. Las últimas flores del verano eran las anémonas, pero todavía no se abrían. Lamentó no haberlas regado más temprano. Ahora el sol quemaría el agua. Pero la tierra estaba resquebrajada, y algunas caparazones muertas de chinches testimoniaban la sed.

Se le acercó sinuosamente un gato gris amarillento, con la cara negra. Maulló mirándola. Lo había encontrado un día en el bosque, extrañada de que un animal tan fino anduviera suelto y casi muerto de hambre; debía de haber sido la mascota de alguna concubina india. Los pájaros lo odiaban, y no sin razón; era un cazador, pero no comía a sus víctimas, sino trocitos de carne cocida que a veces Ema se olvidaba de prepararle.

Horas más tarde fue al arroyo a buscar a Francisco. Encontró a las niñas bajo un nim, le habían dado leche y fresas silvestres al pequeño, y se ofrecieron a cuidarlo hasta la noche. Ema se alejó, bamboleando la panza prominente, por la orilla en busca de un lugar fresco donde esperar el crepúsculo. El brazo del arroyo giraba, y había un puentecito de piedra, a cuya sombra jugaban los equidnas. Estuvo mirándolos un momento; le agradaban los movimientos incoherentes de los pequeños erizos. Cuando se decidió a pasar entró por un sendero en la arboleda oscura. Los árboles estaban silenciosos, los pájaros debían dormir la siesta. El aire invitaba al sueño.

Poco más allá, en una playa encontró una decena de jóvenes nadando o durmiendo. Solía frecuentar sus vagabundeos por las vecindades del bosque, y la conocían. Se sentó en el césped, junto a una jovencita india, embarazada como ella, y charlaron un rato. Adonde estaban apenas si llegaban algunos hilos de luz solar filtrada por el verde. Ema se recostó y entrecerró los ojos; a través de un intersticio mínimo de los ojos veía puntos de luz verde moviéndose en lo alto, verde luminoso, dorado, o con sombras de musgo, a veces un estallido suave, fantástico, de celeste pulido del cielo estival o una estría de luz incolora.

Las voces de los jóvenes, que jugaban a los dados, le llegaban desde lejos. Frágiles patitas tableteaban en la superficie del agua. Se durmió acunada por los deslizamientos del follaje en las cúpulas.

Al despertarse la luz estaba decayendo. Algunos indios habían vuelto a bañarse, otros dormitaban en la hierba y todos fumaban. Ema fumó un cigarrillo y se despidió. Hizo con la mayor parsimonia el trayecto de regreso. Al salir del monte vio sobre la llanura los grandes colores del cielo: por el oriente subían nubes teñidas de rojo óxido, sin ocultar su carga amenazante; esa noche llovería. En medio de los rosas y violetas vio salir por el occidente a Venus, encendido y circundado de halos grises. Ya era de noche cuando bajaba hacia su rancho por la única calle de la aldea.

En la veranda la esperaban sentadas unas niñas con Francisco en brazos, profundamente dormido. Se alegró de verlas. La habría molestado tener que salir a buscarlas, cansada como estaba. Las invitó a pasar a tomar lo que quedaba de leche. La ayudaron a cerrar las cortinas y se ocuparon ellas mismas de encender la lámpara. Les propuso que se quedaran a pasar la noche, ya que estaba sola. Entonces le mostraron lo que traían en una bolsa: caracoles de río, gordos y transparentes, en sus valvas retorcidas. Los pusieron a hervir con hierbas, y muy pronto un olor delicioso había llenado el rancho.

Se sentaron alrededor de la mesa, frente a los grandes platos de loza blanca, gruesa y pesada como la piedra. Después de cenar, con el niño acostado, Ema y las pequeñas salieron a la veranda a tomar el fresco antes de acostarse. Velada por extraños nubarrones salía la luna. Comenzó a soplar un viento tenebroso, y sintieron pasar sobre los ranchos bandadas de pájaros. Estallaron los relámpagos, y un momento después caían con fuerza de balas las primeras gotas de lluvia, que hicieron huir adentro a las niñas. Pero Ema se quedó un momento más, sola.

Pensaba en la Noche del Mono, su primera salida del fuerte, y en el temor que había sentido en esa oportunidad, ante el desorden sin límites de la vida. Pero ya entonces, o quizás mucho antes, Ema había comprendido que su vida estaba destinada a desenvolverse en la extrañeza por el solo hecho de haber nacido en aquel siglo. Casi una niña aún, sola en el mundo excepto por su bebé, se veía expulsada a una frontera expuesta y vaga. La época exigía una completa calma, los humanos debían volverse tan impasibles como los animales.

La entretenían los relámpagos; eran tan impredecibles. Todo lo que recordaba desaparecía en un instante. La luz no revelaba más que su propia futilidad.

Al llegar a Pringles, tras el viaje extenuante por el desierto, Ema había sido separada con otra convicta muy joven, para dos oficiales, tocándole a ella en suerte un teniente de apellido Paz, un joven despreocupado, perpetuamente borracho, con la salud de un animal robusto y el sueño inconmovible. Al recibirla él despidió a la otra mujer que tenía. Sus habitaciones, como las de todos los oficiales, estaban en el piso alto del casino. Las puertas daban a un corredor abierto sobre el salón principal. Paz disponía de dos grandes cuartos alfombrados y recargados de objetos antiguos y oscuros, entre ellos una bañadera de caoba en la que se daba dos prolongados baños diarios.

Para ella fue una vida de enclaustramiento, ya que apenas si salía de su departamento para reunirse con las otras mujeres en los corredores o en los cuartos vecinos. Nunca bajaban. Desde las ventanas no veía más que el lado interno de las empalizadas y arriba el cielo. Pero vivían de noche y dormían todo el día, con las ventanas corridas. Encontró agradable y poética esta vida. Amaba la luz discreta de los quinqués filtrándose entre biombos y pantallas. Era un cambio bienvenido después de los excesos de luz e intemperie de la travesía.

De cualquier modo, el teniente le advirtió que sería un acuerdo provisorio, pues esperaba de un día para otro la llegada de una querida europea que vendría en coche de Buenos Aires. La idea parecía fantástica, pero era cierta. Varios oficiales ya tenían compañía de este tipo, y Ema se preguntaba qué cifras exorbitantes les ofrecerían para decidirlas a trasladarse a la frontera y abandonar el mundo. Estas cortesanas no se mostraban, y la única noticia que tenían de ellas derivaba de sus criadas.

Los militares habían dispuesto sus jornadas en abierto desafío a las convenciones de la vida natural. Quemaban sándalo y dormían borrachos en el damasco de los sofás, y su única ocupación durante largos meses era el juego, entre ellos o con los caciques que los visitaban con ese propósito. El juego los volvía muelles, les exigía horas interminables de sueño.

Allí fue donde vio por primera vez a los indios —a una clase muy especial de indios, pues al fuerte no entraban sino los caciques más opulentos, y lo hacían con un despliegue desproporcionado—.

Una noche, poco después de llegar, una de las mujeres entró a buscarla. Le anunció que habían llegado dos ricos capitanejos y ya estaban jugando con los oficiales en el salón. Ema le preguntó si sería posible verlos.

—Sí, pero no hagas ruido. No les gusta que los distraigan.

Salieron a la galería tomadas de la mano, y se aproximaron en puntas de pie a la baranda, que apenas se distinguía sobre una luz imperceptible. Abajo sólo habían prendido una lámpara de porcelana, en un ángulo de la alfombra sobre la que jugaban. Los muebles estaban corridos contra la pared. La escena le resultó difícil de descifrar, no sólo por la tiniebla y las posiciones de los jugadores, sino por la perspectiva casi vertical en que la veían.

Entre el resplandor tenue que rayaba la oscuridad pudo ver a dos señores indígenas, pintados enteramente, con la cabeza afeitada hasta la mitad y el resto de la cabellera muy larga y engrasada. Más atrás, sentados también en el suelo, había otros indios que se limitaban a observar. Y a su lado hermosas kamuros dándoles de fumar, ellas también pintadas pero con tinta negra, que borraba sus cuerpos pequeños y graciosos en las sombras. Y los oficiales, todos con fantasiosos uniformes de botones dorados, envueltos en nubes de tabaco. Sólo se oía el ruido de los dados en los tableros, un sonido seco y múltiple, que parecía quedar suspendido en el silencio.

Era una visión magnífica, que Ema no olvidaría nunca.

Después, en el curso del mes y medio que permaneció allí, fue espectadora de muchos encuentros como éste, y a algunos llegó a asistir desde cierta distancia. Estudiaba los movimientos indecisos de las indias, se dejaba invadir por su aliento de pasión. Las noches de juego encendían una sola lámpara, con la llama más tenue; esa falta de luz imitaba el clima nocturno del bosque. Los miembros de los indios parecían rojos, de un cobre inflamado, los encantos tatuados en las mujeres se volvían redes en las que vacilaba la oscuridad.

Bebían todo el tiempo. El fuerte proveía los mejores licores, y las muchachas se encargaban de escanciarlos. A veces, después de muchas horas de juego, caían en la cuenta de que habían estado oyendo desde el comienzo el ruido continuo de líquido, como si estuvieran a orillas de un río, y no era más que el rumor que hacían al llenar las copas.

Era muy rara la noche en que los oficiales terminaban sus veladas antes del amanecer, y solían pasar días y noches enteros sin moverse del tapete. También esta costumbre la complacía. Le gustaba percibir entre los postigos cerrados la luz de la mañana mientras adentro persistía el juego y seguían cumpliendo con obstinación de ebrios las ocupaciones nocturnas, contra toda evidencia, y el clarín de la primera guardia después del alba sonaba disimulado por pesadas puertas forradas y muros dobles o triples, llamando a algún oficial que recogía sus fajos de dinero sin decir palabra y se marchaba tambaleando.

Las noches de la primavera solían ser lluviosas, con tormentas como nunca antes había visto. El cielo se llenaba de relámpagos y los truenos se sucedían sin interrupción, superpuestos a veces, durante horas y horas. Si estaban solas, como era lo habitual, las mujeres salían a algunos de los balcones techados del segundo piso y miraban la tormenta sin hablar, fumando... La agitación de los elementos constituía el contraste más adecuado para las figuras que casi no se movían durante toda la noche. A veces alguna sombra que no identificaban (quizás un oficial cuyo crédito en la mesa de juego se había agotado, o un fantasma) se les reunía en el fondo de los balcones, donde no alcanzaba la luz de los relámpagos, y desaparecía sin darse a conocer, antes de que ellas se decidieran a volver a sus cuartos.

Al fin llegó la querida de Paz, con dos carros de equipaje y tres doncellas. No bien recibió noticias de su paso por Azul, el teniente fue a la aldea a disponer el alojamiento de Ema. Encontró un soldado que quería esposa, un tal Gombo –notorio alias, pero allí casi todos tenían urgencia por olvidar el pasado–. La joven lió sus escasas pertenencias, recibió como regalo del oficial un caballito cosaco y se marchó con Francisco. El gaucho pareció desilusionado al verla: demasiado niña, inmadura, el gusto artificioso de los oficiales no era igual al eros torpe de la tropa. Pero mantuvo su palabra, e incluso desalojó a sus dos concubinas indias para hacerla sentir más a gusto.

Era un conscripto forzado, como todos, que llevaba más de diez años en la frontera y había pasado por todas las vicisitudes de la melancolía. De carácter afable, bondadoso, y una cortesía que llegaba casi a la exageración. Además del juego, lo apasionaba la pesca. Aunque no llegaba a los cuarenta años, su rostro ascético y demacrado tenía arrugas profundas y el pelo gris de canas. Tiempo atrás había sido ascendido a cabo, y luego degradado por algo. Nada de lo cual le importaba en lo más mínimo.

Era poco el tiempo que compartían. Cuando no estaba de guardia dentro del fuerte, iba de pesca días y noches enteros a sitios remotos, o se reunía con sus camaradas a jugar. De modo que Ema tuvo largos días de soledad para irse habituando a su nueva vida.

El rancho daba a la única calle, arqueada, que constituía la incipiente aldea. Cada uno de los ranchos, pequeños y frágiles, alzados sobre pilotes y con terrazas cuadradas de madera, distaba unos treinta metros del vecino. No eran nada serio, una distracción, un juguete de cortezas y papeles; en caso de ataque todos debían refugiarse en el fuerte y dejar las casitas a merced de los salvajes. La calle corría abrazando la falda de una colina, que la reparaba de los vientos del Sur. Las plantas crecían de prisa, tanto que algunos ranchos ya desaparecían en el follaje.

La población blanca de Pringles consistía exclusivamente en los soldados y sus mujeres. La colonización tendría que esperar muchos años todavía, pues la paz con los indios apenas era posible, y penosamente, en Azul, trescientas millas más afuera, de modo que en Pringles no era tiempo de soñar siquiera con el trabajo.

Recién entonces pudo observar a los indios en condiciones menos enrarecidas que las del fuerte. Y como no tenía otra cosa que hacer, su conocimiento de la otra civilización creció considerablemente. Del otro lado de la colina, y a lo largo del afluente del Pillahuinco, había un gran asentamiento de los llamados "indios mansos", que vivían acogidos al fuerte, aunque nadie pudiera explicarse en qué consistía la relación. Sus toldos, livianos como plumas y bastante inútiles, se levantaban aquí y allá en los sitios más escarpados del terreno de la ribera. Con los soldados jugaban, bebían o iban de caza o pesca, o simplemente en busca de lugares agradables donde pasar una tarde. A las fiestas tribales los invitaban siempre.

Quiso la suerte que la primera noche que pasó Ema fuera del fuerte se celebrara la fiesta del Mono. En compañía de Gombo, y con el bebé dormido en brazos, fue a tomar ubicación en la playa. Estaban todas las mujeres del pueblo, y los soldados y varios oficiales que asistían por curiosidad.

No había luna. Estaban sentados en la hierba, al azar. La única luz provenía de unos fuegos en los que se quemaban sustancias aromáticas. La gente parecía apenas esbozada, sólo sus movimientos permitían distinguirlos de la sombra. Bebían y fumaban, esperando. Todos los indios estaban pintados. Los niños corrían y jugaban por todas partes, sin que nadie se lo impidiera.

Colgada de una rama baja había una gran jaula de varillas de mimbre, y en ella un mono, una hembra pequeñita. Ema no la vio hasta mucho rato después, ya que se encontraba fuera del alcance de la claridad. El animal parecía dormido. Algún niño, en una de sus carreras, se llevó la jaula por delante y la hizo bailar con fuerza, hasta que un hombre se levantó y la detuvo.

La ceremonia no fue más que eso, es decir nada. Todo el tiempo estuvieron quietos y callados. El ritual no era más que una disposición, pobre y fugaz, algo que exigía el máximo de atención y la volvía inútil. Cuando se retiraban, de madrugada, Ema no ocultó su decepción.

Gombo sonrió sin decir nada.

Todas las ceremonias salvajes a las que asistió más tarde fueron iguales, todas celebraban una suprema falta de desenlace..., suprema porque no faltaba siquiera un desenlace: en cierto momento habían terminado y cada cual se marchaba por donde había venido.

La lluvia duró toda la noche y persistía débilmente a la mañana siguiente. Un rayo de sol bajo produjo un arcoíris entre los titubeos del alba, y después lo evaporó en una onda de gris luminoso. Se anunciaron las aves, una tras otra: primero los chillidos inhumanos de los flamencos, después el flo-flo de las golondrinas; las palabras del tero, que a veces parecía decir "tero"; seguía el trompetazo del cuervo en el bosque. El murmullo del agua invitaba al sueño: Ema habría dormido un rato más, pero la despertó un movimiento en la penumbra. Eran las pequeñas indias que jugaban y se reían agitándose bajo las sábanas. Cuando abrió los postigos corrieron por todo el rancho. Francisco dormía: nada lograría despertarlo hasta que tuviera hambre.

Se ofrecieron a ir a buscar la leche. ¿Se mojarían? No les importaba la lluvia. Les dio un cántaro y un puñado de billetes para que compraran bizcochos si el almacén estaba abierto. Siempre tenía en el rancho una buena provisión de dinero de Espina: no se sabía cuándo podía ser de utilidad. Buscó sus dos sombrillas y se las dio. Salieron corriendo como gamas, y Ema se quedó en la veranda mirando el espectáculo desolado de la calle cubierta de charcos, y los árboles cargados de agua, pesados como bloques de piedra. Pasaban unas bandurrias graznando entre las nubes amenazadoras.

Sentada en la mecedora, medio dormida, encendió un cigarrillo de los que habían dejado las niñas, a las que sus madres acostumbraban a fumar desde la primera infancia. Cortos y bastante gruesos, de papel demasiado delicado y filtros huecos de cartón. En ayunas la

mareaban. Le pareció que el tiempo se detenía, excepto en la brasa del cigarrillo.
Volvieron corriendo, muy pronto. Además de la leche y los bizcochos traían huevos, barras de cacao, budines y una cesta de ciruelas silvestres. Con sus voces temblorosas de tan delgadas le dijeron que harían el desayuno. Entraron, empapadas, dejando huellas de agua en las esteras. Ema las dejó hacer; desde donde estaba, las oía agitarse y hablar velozmente. No tardaron en salir con bandejas cargadas de tazones humeantes.
Cuando se despertó el niño le dieron la leche con una pajita. Miraba con ojos átonos el día gris, los restos de lluvia quietos en el aire y aspiraba con fuerza.
Estaban terminando cuando vino una de las vecinas "soldadas", una cuarterona gorda, siempre enrojecida por el menor esfuerzo; usaba lentes gruesos como lupas, de armazón rota y remendada, que se le resbalaban por la nariz. Vino corriendo desde su rancho tratando de esquivar los charcos, pero con tan mala fortuna que los pisó todos y se empapó. Subió jadeando a la veranda donde estaban Ema y las niñas, roja como un camarón, sacudiendo la sombrilla. Le trajeron un sillón portátil y se derrumbó. Le ofrecieron roscas.
—Antes debo recuperar el aliento, aj, aj.
Parecía a punto de ahogarse. Las niñas la miraban con fijeza. Pero cuando se repuso bebió y comió más que todas ellas juntas. Su marido dormía, se había pasado la noche de juerga y los hijos jugaban en el barro de la calle. Tenía cuatro varones, hijos de otros tantos maridos, los cuatro tan miopes como ella.
—¿Cuánto durará la lluvia? —decía—. Mañana empieza el otoño. Qué triste es el tiempo húmedo. Éste va a ser tu primer invierno aquí, ¿no es cierto?
Ema asintió.
Desde el fuerte se oyó el gong de las siete. Había dejado de llover. El cielo estaba plateado. Las dos mujeres armaron cigarrillos y fumaban mirando a las niñas que habían bajado a la calle, cuando de pronto sintieron el paso de un caballo. El arco de la calle impedía verlo. Se demoraba, como si fuera de un rancho a otro, hasta que al fin apareció en el recodo: era un soldado que ambas conocían, sin quepis y con el flequillo mojado y pegado a la cara. Al verlas

interrumpió su marcha vacilante y dirigió hacia ellas el paso de su gran potro blanco, que apeó a la veranda.
—Buen día a las dos madrugadoras.
—¿Cómo es posible que haya salido a esta hora?
—Órdenes del coronel —dijo el soldado—: una convocatoria de emergencia.
Era algo inusual. Esperaron que dijera algo más, pero no hacía otra cosa que mirarlas.
—En ese caso —dijo la vecina— tendré que despertar a mi marido.
—Más vale que se apure. Tienen que presentarse en media hora.
—¿Por qué?
Se encogió de hombros. Ema les indicó a las niñas que le alcanzaran un cigarrillo, que encendió él mismo.
—¿De qué se trata? —le dijeron—. Algo habrá oído.
—No debería decirlo, pero..., según parece, el coronel teme un malón.
—¿Un malón?
—Así es. Un malón.
La vecina exageró sus gestos de asombro.
—¡Pero cómo habría de saberlo! Salvo que lo haya adivinado.
El soldado le dirigió una mirada fría y no dijo nada. Ella se fue a su rancho murmurando y se dejó olvidada la sombrilla. Ema, por su parte, estaba perpleja. El soldado la miró por entre el humo del cigarrillo.
—¿Nosotras también tendremos que encerrarnos en el fuerte?
—Si el coronel lo ordena. Quién sabe. Quizás los indios están muy lejos todavía.
Tiró el cigarrillo y se marchó hacia los últimos ranchos de la calle.
Ema despachó para los toldos a sus amiguitas, recomendándoles que vinieran a comunicarle las novedades si las había. La noticia puso en movimiento a toda la aldea, y ahora la calle hervía de actividad. Los soldados, con los ojos hinchados y a medio vestir, salían de los ranchos y ensillaban. Con el niño en brazos, Ema se unió a un corrillo de vecinas.
Era la primera alarma desde su llegada. Tradicionalmente, los indios no atacaban durante el verano. Quizás esta vez querían celebrar

con un saqueo la llegada del otoño. Algunas mujeres contaban que en ocasiones habían estado sitiados semanas enteras dentro del fuerte, idea que la fastidiaba, acostumbrada como estaba ahora a las excursiones.

Pronto no supieron qué nueva suposición hacer y se dispersaron. Había vuelto a lloviznar. Ema fue a tomar café con una vecina, una joven medio china, medio blanca, con tres hijos y a punto de dar a luz.

—¿Cuándo será? —le preguntó.

—En estos días, en cualquier momento.

—Sería un inconveniente si nos hacen ir al fuerte.

Se encogió de hombros.

—Me da lo mismo. Además, estoy persuadida de que es un embuste. Quién sabe qué se trae Espina entre manos, pero podría jurar que los indios no tienen nada que ver.

El interior del rancho era extraño, con sillas rojas enanas, una buganvilla en un tiesto azul, y una hilera de garzas disecadas. Pasaron la mañana conversando y fumando, mientras Francisco jugaba con los hijos de la dueña de casa. Casi al mediodía vino una niña india en busca de Ema: habían aparecido los salvajes a lo lejos, del otro lado del arroyo. Salieron inmediatamente y se unieron a la caravana de mujeres que iba rumbo a la colina. Se comentaba con extrañeza que el coronel no hubiera decidido asilar a la población. Suponían que daría batalla en el llano.

—¿Y si no puede detenerlos?

Todos sospechaban, de un modo u otro, que había algo raro en el asunto, algo no del todo real.

Cuando llegaron a la cresta de la colina, sólo los de vista más aguda pudieron distinguir en el horizonte, bajo las nieblas que había dejado la lluvia, las figuras de insecto de la avanzada salvaje. En las torrecillas del fuerte se apiñaban los oficiales con largavistas, y a veces un reflejo de sol en los lentes revoloteaba entre la gente como una polilla. Los niños jugaban, excitados, y se alejaban corriendo pese a las recomendaciones de las madres.

Las figuras crecieron muy rápido. Se corrió el rumor de que el coronel había propuesto un encuentro de embajadores. Fuera cierto o no, estaban seguros de que presenciarían un conciliábulo y no un combate. La columna se detuvo y se adelantaron vacilando unos pocos primates.

Se abrieron las puertas del fuerte. Salió el coronel en persona con una escolta. Eran pocas las ocasiones que tenían de verlo, ya que nunca trasponía las murallas: un hombre corpulento, de grandes bigotes grises que parecían blancos por el contraste con la piel oscura. Iba en uniforme de gala, sobre un robusto bayo al encuentro de los salvajes, que venían al paso por el otro lado del arroyo, pintados de rojo y dorado, con los pies y las pantorrillas azules. La compañía del coronel lo vadeó por una playa de piedras.

Se detuvieron separados por unos pocos metros. Espina fue el primero en hablar. Aunque lo hizo con voz resonante, desde la colina no se distinguían las palabras. Los indios bizqueaban en dirección al suelo y respondían con toses y monosílabos. Los discursos duraron largo rato. La intriga se mantenía.

Ema se volvió y miró al fuerte. En las torres habían aparecido las queridas, envueltas como crisálidas en sedas y tules, con las caras veladas de maquillaje irisado. Se las veía poco. Sólo de vez en cuando hacían una salida al bosque en carros cerrados.

La conversación había llegado a un impasse. Los hombres estaban callados, y los caballos se revolvían en su sitio. Al fin el coronel le dio una orden al lugarteniente, que volvió al fuerte a todo galope. Menos de cinco minutos después (todo estaba preparado) volvía a salir, ahora muy lento, en medio de un silencio tal que se oían los grillos. Detrás venía un carro voluminoso tirado por dos yuntas. La carga estaba cubierta de lonas y se bamboleaba como si fuera a caerse. Ya todos los espectadores estaban convencidos de que era una función. Aquello debía de ser una suerte de rescate a cambio del cual los indios suspendían el malón imaginario. Cuando fueron a cruzar el arroyo pidieron ayuda a unos curiosos, que se las arreglaron para echar un vistazo a la carga e hicieron correr el rumor: era dinero, papel moneda y fajos apretados. Muchos se resistían a creerlo, por lo colosal que tendría que ser en ese caso la cantidad.

Pero se convencieron en el acto de la entrega: un indio alzó una punta de la lona y revolvió el dinero con la punta de la lanza. Sin hablar más pasó al pescante de la carreta y se alejaron lentamente. El coronel volvió al fuerte como una exhalación, se cerraron las puertas y todo terminó. Se oyeron risas.

Ema bajó al borde del arroyo, ansiosa por escuchar los comentarios de los indios. Tomó ubicación en una ronda de jóvenes que bebían.

—Creo que el coronel ha dado con el sistema más simple de evitar las guerras —decía uno con ironía—. ¡No sé cómo no se le ocurrió a nadie antes!

—Quizás no sea un sistema tan novedoso —le respondían—. Quizás en el pasado no se haya hecho otra cosa. Despojada de su hojarasca, la historia no es más que una sucesión de pagos, cuanto más exorbitantes mejor. Lo único que ha variado ha sido la forma y el crédito.

—Además —decía otro—, la guerra nunca ha existido. Señal de que siempre la han podido suspender.

Todos estaban de acuerdo.

—La guerra es imposible, de modo que los pagos siempre son inútiles, o mejor dicho, ficticios, como este.

Alguien entre ellos dijo que no había sido tan ficticio, puesto que habían visto el dinero y era bien real.

El que había hablado antes soltó una carcajada.

—¡Dinero real! ¡Ridículo! La moneda es una construcción arbitraria, un elemento escogido únicamente en razón de su utilidad para hacer pasar el tiempo. Esos billetes los imprimió el coronel, y le basta con poner a funcionar, cada vez que se le ocurra, la imprenta nueva que le hizo el francés.

Se quedó pensativo un instante y agregó:

—Apostaría a que todo estuvo cuidadosamente escrito de antemano.

—¿Con qué objeto pondría en escena una comedia tan pueril? —le dijo Ema.

—Para desencadenar la circulación del dinero, que de otro modo habría sido muy engorroso distribuir. Y sienta un precedente. De ahora en más, quizás todos los combates sean eso, una comedia de chantaje. Un género nuevo. Puede llegar a poner en movimiento a todas las tribus del circuito externo y colocar varias toneladas de papel moneda por semana.

Todos admiraron la audacia del coronel. Una india tenía sus dudas.

—Por ahora ese dinero va a ir a las manos de uno o dos caciques, quizás de Caful solo...
—Es lo mismo. A Caful, o a quien sea, no le servirá de nada si no logra distribuirlo. Al menos distribuir lo suficiente como para crear un "clima" de dinero.
—¿Y si los caciques deciden gastarlo exclusivamente entre ellos, en pagos políticos?
—Es un riesgo que corre Espina. Pero no lo creo probable. Tarde o temprano el dinero siempre se filtra de los ricos a los pobres.

Otro de los indios, que había escuchado en silencio, meneó la cabeza.

—No me parece tan evidente. Para empezar, toda esa fortuna que iba en la carreta tendrá un solo destino: las mesas de juego. No van a pasar muchas horas después de recibirlo sin haberlo jugado hasta el último centavo.

—Quizás no les sea tan fácil. No sabemos qué valor nominal tienen los billetes. Quizás en todo el desierto no haya con qué copar una sola apuesta. Y además... el juego no es más que un lubricante de la circulación. Podría decirse que es la circulación misma, en su aspecto más acelerado.

—La circulación —negó el otro— se basa en la continuidad, mientras que los cambios de fortuna en el juego son interrumpidos por naturaleza.

—En el juego —dijo otro— siempre se pierde todo, de modo que hay una concentración, así sea negativa. No puede ser un buen método de dispersar bienes.

Le respondieron que desde la prehistoria los reinos salvajes habían basado sus finanzas en el juego, y el sistema no se había desintegrado, señal de que no funcionaba tan mal. Siempre recurrían a la prehistoria, la teoría favorita de los indios. En medio de la discusión apareció en la playa un cadete buscando a Ema y le entregó una carta plegada seis veces. Gombo le advertía que esa noche no podría salir del cuartel, cosa que haría recién a la mañana siguiente. Supuso que habría recibido una paga extra después de los acontecimientos y se quedaría en el fuerte a jugarla.

Se dispersaron cuando ya no encontraban nada nuevo que decir. Unos conocidos la invitaron a acampar en el bosque, y aceptó porque era un día para alejarse, con un sol opaco detenido entre nubes grises y el aire expectante. Partieron en caravana hacia algún claro solitario, ella en las ancas de un gran bayo con el niño colgado del hombro. Durante tres o cuatro horas fueron por senderos fríos envueltos en luz verdosa. Al fin, en un sitio cualquiera, se apearon, hicieron un fuego, se bañaron y comenzaron a jugar a los dados y a fumar. Asaron aves y bebieron hasta dormirse; cuando se ponía el sol los despertó el ruido de un combate de gansos hiperbóreos. Volvieron a bañarse, salieron a cazar becadas y cochinillos para la cena, y se hizo de noche: los días ya no eran tan largos. Bebieron y fumaron hasta la madrugada y se durmieron uno tras otro.

Volvieron al amanecer. Ema fue a su rancho. Después de acostar a Francisco calentó café, cuyo olor atrajo a una vecina. Seguían tejiendo suposiciones sobre los acontecimientos del día anterior. Ema le preguntó por su marido.

—No pudo salir nadie anoche. Dicen que el coronel los ha puesto a trabajar en las imprentas.

Un rato después, aburridas, fueron al jardín, donde la lluvia había abierto al fin las anémonas, todas rojas y azules.

Al mediodía apareció Gombo, aturdido de fatiga, con ojeras negras. Se acostó de inmediato y charlaron mientras Ema le daba de fumar.

—¿Es cierto que el coronel los hará trabajar en la imprenta?

Gombo soltó una risa ronca.

—Absurdo. Esas máquinas no necesitan operarios.

—¿Qué explicación les dieron?

—Ninguna. ¿Por qué habrían de explicar nada?

—En la aldea todos hacen suposiciones.

—Hay que reconocer que el hecho pica la imaginación.

—¿Qué objetivo habrá tenido Espina?

—Espina no es Dios y no es tan idiota como para imitarlo más allá de las meras formas. Empezó creando el dinero. Ahora sería el turno de las cosas con las cuales utilizarlo. Pero él se retrae. El segundo paso no le concierne. Sólo quiere perfeccionar la circulación.

—De modo que le vino bien el ataque...

—No hubo ningún ataque. Fue una mascarada que preparó el otro día con los sobrinos de Caful.

Ema quedó pensativa. Pasó la tarde tomando sol con el niño en el jardín, y cuando Gombo se despertó a la noche se enteró de algo más: a cambio de la "solución financiera" los indios habían prometido enviarle como presente cien faisanes, su manjar favorito.

Y así fue. Al día siguiente volvió la carreta, transformada en una gran jaula de cañas dividida en varios pisos y compartimientos, y en ellos los cien faisanes gordos y coloridos. Todo el poblado acudió a verlos entrar al fuerte, donde los oficiales y sus *cocottes* darían cuenta de ellos en un par de cenas.

Pasaron algunas semanas, y el pago no se manifestó en una transformación instantánea, es decir, no se manifestó; porque en la frontera, la menor demora extinguía cualquier cambio en favor de una repetición eterna. Al parecer hubo más entregas, a otras tribus, hechas al amparo de las sombras; pero nadie, ni siquiera los soldados de guardia, pudo asegurarlo. Al caer la noche todos creían ver carretas cargadas de dinero deslizándose hacia el bosque. La discreción, el misterio, creaban una atmósfera de historia, a la que nadie podía sustraerse.

Así como un *vacío* puede atraer todo lo que está a su alcance, pensaba Espina, un espacio *demasiado lleno* puede expulsar, hacia una persona determinada, una persona cualquiera, todo lo valioso o el valor mismo.

El vacío es la naturaleza.

¿Pero cómo llenar con exceso el mundo? Lo "lleno", por definición, nunca lo está "demasiado".

La respuesta de Espina era el dinero y sus cantidades. En efecto, nada puede ocuparse con exceso, pero sólo cuando se trata de objetos concretos. El exceso es un epifenómeno del dinero, y es dudoso que pueda haber exceso no habiendo inmensas e inconmensurables cantidades de dinero.

Así razonaba el enigmático impresor. Los resultados de la maniobra fueron subjetivos. De pronto, aquellos indios remotos y casi míticos, los súbditos de Catriel, de Cafulcurá, los tributarios del emperador Pincén, entraban al campo de la imaginación cotidiana de la gente, ya que los billetes circulaban (al menos eso creían) uniéndolos. Por primera vez sintieron que el hototogisu que cantaba de noche, con su canto recordatorio de las maniobras financieras, cubría el mismo sueño de todos. Espina reclamaba para Pringles un lugar al sol (o en la luna). El fabuloso amanecer hacía girar el espacio abarrotado, y lo molía y soltaba la gota de oro en el cerebro de sus invenciones. El dilatado imperio indígena volvíase homólogo de un arte de las interpretaciones; aun para el más desprovisto de don poético, la visión de la inmensidad era transformada por la idea de los hombres como especie, quemando incienso frente a los papeles de color llenos de números. Porque el significado de los números iba más allá de lo humano.

La aldea se inundó de dinero. La paga de los soldados había sido centuplicada. Espina respaldaba su prensa con su colección de dinero indio, los indios ponían sus billetes más allá de todo respaldo, en lo absoluto.

¿Sería cierto que el coronel mandaba a Inglaterra millones y millones de la nueva moneda? No era imposible. Si su idea había sido desde el comienzo considerar como un territorio desprovisto de límites el reino salvaje (y ni siquiera el salvajismo, como lo probaban sus modales, era un límite), bien podía participar en él un archipiélago tan lejano como el de la Gran Bretaña. Por lo pronto, hizo imprimir el retrato de la reina junto al suyo en sus libras.

Pero en el fuerte y la aldea la vida seguía como antes. Los días eran largas vetas de ocio y distracciones y las personas consideradas parte de los días y de su belleza atmosférica, el timbó seguía provocando efecto sobre los peces, las flechas sobre los patos, el ruido de los dados sobre un tablero tenía la misma resonancia de siempre, y al atardecer el agua mantenía a flote el cuerpo de los nadadores.

Se multiplicaron las embajadas de los indios. Al parecer tenían mucho que discutir con el comandante.

Aunque el común de la gente apenas si los veía pasar y entrar al fuerte, donde se celebraban las conferencias, no podían dejar de admirar la riqueza y magnificencia de las comitivas. Habían creído que la frivolidad ya no tenía secretos para ellos, pero ahora comprobaban su error. Lo que veían no lo habían soñado siquiera. Los billetes del comandante habían llegado a sus lejanos destinatarios y empezaban a llegar las respuestas, que, tratándose de dinero, no podían ser sino respuestas lujosas y posibilidades infinitas, la realidad completa, el tesoro de los pobres.

Con el tiempo, las embajadas se hicieron cada vez más numerosas. Los séquitos optaban por no entrar al fuerte y esperaban a los señores en los prados sobre el afluente, bajo los árboles. La aldea en pleno acudía, más el cúmulo de indios mansos, y el contacto con los extranjeros se prolongaba a veces días enteros. Se bebía y fumaba en lapsos que parecían de pura magia. Eran momentos de aprendizaje, de mirar e imitar. Al principio les parecía tan artificioso que no creían llegar a tener el valor de repetirlo. Pero la novedad se apoderaba de ellos como una ola irresistible.

Con frecuencia coincidían dos comitivas de distinta procedencia, o tres o más. En esos casos tenían lugar verdaderos torneos de elegancia, ante la mirada casi incrédula de los aldeanos. Recién ahora comprendían cuánta importancia le habían concedido a la vida interior; los indios podían darles lecciones de ascetismo: lo que no era apariencia, lo anonadaban.

Los hombres en especial, pintados de la cabeza a los pies, hacían valer de tal modo su presencia, eran tan sólidos y pesados, que dejaban la huella profunda de sus cuerpos aun mucho después de haberse marchado. Tenían los ojos pequeñísimos y por lo general entrecerrados. Quien pudiera examinarlos de muy cerca vería los iris de un negro de cuero bien lustrado, y las pupilas, en cambio, como diamantes. Se depilaban cejas y pestañas. Llevaban pulseras de oro, anchas y flexibles, para concentrar energía. Brazos y piernas se los ataban con bandas de algodón muy apretadas. En los dedos, decenas de anillos. Solían quitárselos, como si fueran guantes, para hacer una tirada de dados especialmente eficaz. Más tarde se los volvían a poner uno tras otro en los dedos aceitados, escogiéndolos sin mirar.

Pero sus mejores joyas —ellos mismos lo decían— eran sus gestos. Adormecidos, oscuros, lentos, con bella torpeza, estiraban un brazo impoluto como el ala de un cisne para alzar la copa, abrían la boca lenta e irregularmente para recibir el cigarro que les alcanzaban las mujeres, tendían las gruesas piernas cilíndricas en la hierba en procura de una posición más cómoda. Sus movimientos eran la corona suprema de la elegancia: cada vez que se llevaban la copa a los labios estallaba el coro de los ángeles. La tensión o distensión de un músculo, el relieve fugaz de una vena, la onda lentísima que sacudía la espalda poderosa y los hombros... otros tantos signos de riqueza.

En cuanto a las pinturas, desafiaban toda explicación, se encontraban fuera de la pintura misma. Hacía siglos, habían empezado a concederle un gran valor estético a la desprolijidad. Hoy imitaban los aleteos casuales de una mariposa con sus polvos, o el chorreado de una esponja embebida en tinta negra apretada en medio del pecho; un cuadriculado vacilante en un hércules; un guerrero con los brazos azules, otro cubierto de rápidos brochazos de pintura, que una vez seca se resquebrajaba...

Muchos traían la cabeza rapada y pintada; el cráneo plateado estaba de moda. Los más lucían sus equinas cabelleras impregnadas de aceites raros.

Eran conscientes del deslumbramiento que provocaba su actuación entre las blancas. Las mantenían en vilo con las formidables evoluciones de la etiqueta. Por supuesto, no eran sino cortesanos menores, ya que los de fuste tenían cita en el salón del coronel. Y se decía que el modo de comportarse de éstos era totalmente distinto, incomparablemente más refinado.

Al alba (por lo general al alba, aunque podía ser a cualquier otra hora) se abrían las puertas de la fortaleza, hechas de troncos de bananos, y salían los caciques en sus potros gordos, con gestos de sonámbulos; en la luz confusa todos querían verlos, aunque no estaban en su mejor momento: las pinturas deshechas, los hombros decaídos de fatiga: la orgía les había sorbido toda la vitalidad y debían marcharse.

Entonces los guerreros salían precipitadamente de su aura y montaban. Sus amos no estaban para esperarlos. Ni siquiera tenían tiempo de despedirse. A veces dejaban sortijas olvidadas o un dado.

Los indios parecían encontrarse siempre en la calma que sigue a una tempestad del pensamiento. Por eso valía la pena observarlos, para aprender cómo un ser humano puede reponerse de una conmoción que no ha tenido lugar. En una civilización como la suya todo era sabiduría. Al imitarlos, uno creía volver a las fuentes. La elegancia pertenecía al orden religioso, quizás místico. La estética mundana, un apartamiento de lo humano, imperativo. Todo era sexualidad y amor. Según Espina, con el banco comenzaba el amor. Pero los indios estaban quietos, su única ocupación era colgar del aire azul como murciélagos. Se acercaba el invierno. Las noches eran cada vez más largas. La vida social de los salvajes se hacía más intensa. El frío les daba sueño y les gustaba dormirse interrumpiendo sus actividades preferidas. Prácticamente se vivía de noche, bajo los cielos límpidos y helados del otoño, resplandecientes de astros cuyas disposiciones todos conocían y podían reproducir en las "cunitas" que hacían con hilos. Era la estación amorosa. Las mujeres indias daban el tono: hermosas, con sus collares de cuentas, a veces de un centenar de vueltas, las cabelleras muy cepilladas, alrededor de los ojos un antifaz negro de encaje pintado en la piel, los labios impregnados de brillo. Todo era seducción, un campo homogéneo de pasión y concentración. Se hacía difícil distinguir nada preciso.

   Los grandes lagartos que habían poblado con sus siestas el verano empezaban a emigrar, después de cubrir el musgo de las piedras con sus huevos. Algunos, los más livianos, desplegaban alas y se marchaban volando. Pero los otros eran pesados, grandes como iguanas y bañados de sudor verde, se iban a bastante velocidad hacia el norte, a tomar sol en las "travesías" del norte de la provincia. No volverían.

   Un día, el canto de unos pájaros grises y sus vuelos desordenados anunciaron la primera nevada. A la mañana siguiente vieron blancos los prados y las cúpulas del bosque, el cielo como un papel mojado y el maravilloso silencio en todas direcciones. Las carretas dejaban rastros negros en la calle. Los niños alzaban muñecos y corrían gritando enloquecidos de dicha. Los paisajes cambiaban enteramente de carácter. El blanco exaltaba el brillo oscuro de las mujeres. Los cazadores pintados de rojo y negro se destacaban nítidos en los panoramas inmóviles. Y el azul del uniforme de los soldados parpadeaba en la nieve, como si vacilara entre lo demasiado visible y lo invisible.

El ocio, por supuesto, crecía en la contemplación de las nevadas. En lo profundo del bosque se encendían fuegos para abrigar a una compañía de jóvenes jugando a los dados o escuchando a los pájaros, o abrazándose. El canto de los cardenales se introducía en las lenguas del viento aguzado y viajaba hasta el horizonte; de noche se oía el llamado furtivo de la nutria y los conejos capturaban la mirada totalizadora de los caballos, con sus cabriolas demasiado veloces.

Una calandria saltó del seto escarchado y voló trabajosamente hasta el alero. Su paso hizo crujir y quebrarse las hojas, rígidas como el vidrio; el frío había endurecido todo lo que de ordinario era muelle, incluida su lengua. Emitió dos largos sonidos inarticulados y luego probó un trino que se deshizo en notas brevísimas y un estornudo. Tenía la garganta congelada. No era el clima propicio para una cantante. Del rancho emanaba un aura distinta a la de los árboles. La calandria necesitaba de lo complicado para sobrevivir. Sacudió las alas para librarlas de los cristales de hielo alojados entre las plumas.

Ema oyó las notas y deslizó uno de los postigos de papel blanco para mirar. Había estado dormitando en una estera, cubierta de mantas. Gombo se había marchado al amanecer, y ella volvió a acostarse después del desayuno. El embarazo le producía sopor, de modo que pasaba gran parte del día adormecida. En la cuna, bajo un acolchado de plumas, dormía Francisco. Acostada, podía ver el cielo por la abertura. Un gris brillante, sin accidentes.

Debía de ser temprano. Sin duda volvería a nevar. Quizás la calandria se decidiese a entrar.

Estaba a medias dormida cuando oyó un gemido del niño. Una ligera brisa, tan rara en los días de nieve, hizo temblar los papeles de la ventana y después todo volvió a la calma.

Pasado un rato, y como Francisco se despertó y gateó por todo el cuarto, buscando sus bolitas, Ema se levantó a prepararle el desayuno. Le dio una cuchara de bronce para que tocara el xilofón. Calentó leche y le sirvió una taza, que el niño volcó. En un rapto de impaciencia por su propia torpeza, tiró las bolitas por la ventana

y soltó una risa. Después tomó la leche con entusiasmo. La madre le lavó la cara y lo peinó. Plegó las esteras, lavó los cacharros y miró por la ventana. Las bolitas de cristal parecían flotar sobre la nieve. Las anémonas seguían floreciendo a pesar del frío; las preservaba la calma sobrenatural de esos días.
La blancura era excesiva, perfecta. Se irradiaba de los colores mismos. La nieve brillaba.
De pronto se volvió, al sentir que alguien la miraba. Por el deslumbramiento sólo vio sombras, pero había alguien en la puerta. Sobre el fondo nevado de la calle se alzaba la silueta de un indio. Francisco dejó de jugar y lo miraba en silencio. Tenía algo en la mano: una flauta.
Dio un paso adentro y la luz de la ventana lo iluminó: era un joven muy delgado, de ojos pequeños y rasgados, un par de ranuras apenas encima de los pómulos protuberantes, y borrosas pinturas negras en los brazos. La miraba sin expresión.
Ema se volvió hacia el hornillo. Le preguntó si quería café.
–Claro –dijo él.
Se sentó, con Francisco en brazos. El niño no podía apartar las manos de la soberbia cabellera negra. De tanto cepillarse con aceite, los indios llegan a darle al pelo una consistencia que no se parece a nada sino al agua más liviana.
–No creí que vinieras hoy –dijo Ema trayendo dos tazas de café a la mesa.
–¿Por qué no? Es un día perfecto para ir al bosque a ver la nieve. No pensarás quedarte encerrada.
Ema se encogió de hombros.
–Tengo tanto sueño todo el tiempo...
–Dormirás en el bosque. Podemos pasar el día... ¿Cuándo vuelve tu marido?
–Pasado mañana.
–En ese caso podemos ir a un sitio alejado, que no conoces, y pescar y pasar las dos noches. Debe de haber muchísima nieve, te va a sorprender.
–¿Muy lejos?
Hizo un gesto vago, señalando la dirección del Pillahuinco, y como Ema le había armado un cigarrillo, dejó a Francisco en el

suelo y aspiró un par de veces. Fue a buscar los caballos y quedaron en encontrarse a la salida del pueblo.

Ema abrigó al niño y lo alzó. Llevaba unas pocas cosas en un estuche de mimbre colgado del hombro. Caminó por la nieve en medio de una quietud absoluta, hasta la colina. No se oía un solo pájaro; las carquejas asomaban sus hojitas delgadas de la masa de nieve, las huellas de un caballo o una gallina quebraban de vez en cuando la superficie. No se cruzó con nadie en todo el trayecto. En la colina vio a Mampucumapuro que venía montado en una yegüita blanca, con un gran caballo gris a la zaga. A pesar de lo adelantado de su embarazo, Ema había iniciado un mes atrás una relación con este joven indio, al que conoció en una de sus excursiones al bosque. Cuando su marido estaba de guardia solían pasar días enteros, y noches, en algún sitio del arroyo. No hacían otra cosa que dejar pasar el tiempo. El invierno era un momento muy apacible.

La ayudó a montar y cargó a un lado del recado la sillita de lona en la que iría el niño. Partieron al paso, con los cascos de los animales haciendo crujir la nieve. No entraron directamente al bosque, sino a una pradera que lo flanqueaba. Al fin Mampucumapuro señaló un sendero imperceptible y fueron hacia él.

–Nunca había venido por aquí –dijo Ema, y la sobresaltó el sonido de su propia voz.

–Ya lo sé.

–No se oye nada.

Él sacó la flauta y tocó una melodía. Parecía el único rumor que se elevaba del mundo. Ema cabeceaba, cerraba los ojos. La estampida de un pájaro la sobresaltó.

–Un hidrofaisán –dijo el indio.

–Me habría gustado verlo.

Al rato sonó un ruido entre las ramas.

–Son los ratones.

–Creí que pasaban el invierno bajo las raíces.

–Hay una especie que prefiere el frío.

Cuando llegaron al arroyo vieron un puente de piedra. Del otro lado avanzaban por una zona abierta. Los árboles aparecían frente a ellos, como fantasmas.

–Todo parece distinto por la nieve –dijo Ema.

—Es distinto —dijo Mampucumapuro con una risa— porque estamos muy lejos.
—Nunca había venido hasta aquí.
Mampucumapuro señaló hacia el Oeste.
—A unas diez leguas en esa dirección hay una aldea. Pero no tendremos que ir tan lejos. Vamos a acampar en un claro que conozco. Al llegar al claro, un recinto de nieve rodeado de cipreses, Ema tuvo la percepción de una distancia cristalizada. Era un círculo, y su silencio debía impedir cualquier disgregación, aun la de una palabra dicha al azar. Algo le llamó la atención en el suelo: un loro aplastado, reducido al espesor de una lámina, como si un peso enorme le hubiera pasado por encima. Con sus colores lavados y brillantes en la nieve, era una de las visiones más raras que hubiera encontrado en su vida.

Sobre el arroyo se levantaba una torre natural de rocas, con una espira de peldaños desgastados, y en lo alto una terraza desde la que dominaban una vista espléndida: la corriente, sembrada de hielos flotantes, y más allá una llanura que se extendía hasta perderse de vista. Cuando barrieron la nieve aparecieron en las lajas iniciales y dibujos entre las huellas de innumerables fuegos. Mampucumapuro había traído un haz de ramas secas, que encendió; más tarde, dijo, iría a buscar leña. Antes se daría un baño.

Seguido por la mirada de Ema, que temía a los bloques afilados de hielo en el agua, bajó hasta una roca sobresaliente y se zambulló. Tardó varios segundos en emerger, un poco más allá, abrazado a un tronco de hielo transparente. Nadó vigorosamente contra la corriente hasta el recodo, volvió dejándose arrastrar y repitió el ejercicio varias veces antes de salir. Venía azul de frío, salpicándolos. Se sentó muy cerca del fuego, como si quisiera abrazar las llamas, y el agua que traía encima empezó a evaporarse. Ema le estrujó el pelo hasta extraerle la última gota y después le hizo una trenza.

—Se borraron del todo los dibujos —le dijo.
En efecto, tenía los brazos limpios.
—Después me haré otros mejores. En la costa vi moritas negras, que tienen el mejor pigmento.

Su debilidad eran las pinturas negras, así como otros mostraban preferencias por el rojo o el dorado. No era raro que se tiñera de negro de pies a cabeza.

Desplegaron el tablero y jugaron. El azar, como siempre, se revelaba con intensidad especial. En cada tirada quedaba algo así como un enigma a descifrar en la siguiente, y en la siguiente era igual. Era un juego continuo y eterno, el favorito de los indios. Utilizaban unos cincuenta dados, pero tan pequeños, que todos cabían en el puño; un dibujo en cada lado, que no se repetía en los otros, lo que hacía un total de trescientas miniaturas diferentes. Al principio parecía demasiado complicado, pero con un poco de práctica resultaba tan fácil que merecía el nombre de "juego de los distraídos".

Tenían que vigilar a Francisco, a quien, como a todos los niños, los dados atraían con fuerza invencible. Mampucumapuro tenía un hermoso equipo, de maderas duras, con los motivos esmaltados.

—Un día —dijo— mi hija mayor logró echarles mano y los desparramó, pero logré recuperarlos todos, menos uno, que tuve que hacer de nuevo.

Buscó con la punta del dedo y separó uno. Tenía un árbol, un caracol, una ventana, una marta, un trapo y un arrugado sombrero de punta.

—¿Los pintaste vos?

—Salvo el trapo. Para un miniaturista aficionado no hay nada más difícil que un dibujo fácil. Al menor descuido puede parecer cualquier otra cosa. La solución es transformarlo en algo muy difícil, pero entonces está más allá de mis medios.

Jugaron durante unas horas hasta que sintieron hambre. Mampucumapuro tomó el arco y las flechas y miró hacia el bosque.

—Vuelvo enseguida —dijo.

Se marchó pisando cautelosamente la nieve y desapareció entre los árboles. Sola, Ema echó una bolita de resina al fuego. El silencio era completo. Se preguntó si cazaría algo, tan mudo y despoblado parecía el mundo. Francisco jugaba arrojando puñados de nieve al fuego. Ema le frotó las manos con aceite. Una lechuza pasó volando muy bajo, con movimientos acuosos. Oyó los pasos de Mampucumapuro que volvía. La pareció como si hubiera transcurrido un segundo apenas desde que se marchara. Traía colgadas de la cintura varias aves gordas y una bolsa de huevos. Las pelaron y pusieron a asar rociadas con coñac y rellenas con los huevos y algunas yerbas. Pronto se alzó un aroma delicioso.

—¿Son charatas? —le preguntó.
—Quizás. Estaban dormidas, con los ojos abiertos. Con algunas plumas hizo dardos voladores para divertir al niño. Volvió a regarlas con licor, haciendo chillar el fuego, y al fin las desenganchó. Los tres comieron con entusiasmo.

Mampucumapuro prometió esmerarse más para la cena (porque las avecitas le parecieron desabridas) y se adormeció fumando un cigarro que le daba Ema. Después ella también se durmió, con Francisco ovillado contra su pecho, y cuando se despertaron la luz había cambiado, era más civilizada, y el cielo de un plateado oscuro y profundo. Alimentaron el fuego, que se apagaba. Volvieron a jugar, tomando café, después conversaron, él tocó la flauta, inventaron diversiones para el niño. Fue una tarde que hizo historia en su amorío. Les pareció larga, inmensa. Pero la vieron extinguirse. Ema estrujó las tacitas de papel del té y las arrojó a la corriente. El crepúsculo se anunciaba gloriosamente con los colores. Un techo violáceo de nubes que duró largo rato. Francisco se había dormido y los amantes miraban abrazados las extrañas lejanías incomprensibles, a la espera de algo sublime que no debía ser esperado, pues sucedía sin cesar y sin manifestarse.

Con la última luz salió a cazar algo para la cena. Trajo pájaros y palmitos recién cortados, y un pecarí chico que encontró gimiendo en el arroyo, en una isla flotante de vistarias, sin atreverse a nadar. La oscuridad no tardó.

Cerca de la medianoche oyeron ruidos. Jugaban a los dados, iluminados por el fuego. La luna no salía todavía, aunque ya difundía bajo el horizonte, con su característica lentitud, un resplandor. No podían ver nada. Mampucumapuro supuso que sería un gamo. Ellos, en cambio, debían ser claramente visibles. Al fin sonaron unas voces juveniles.

—¡Hola! ¡Hola! ¡Esos jugadores!

Se acercó a la torre un contingente de personas montadas. Hubo un alboroto en la base y los vieron trepar por las piedras hasta aparecer en el círculo dorado del fuego, unos cuantos jóvenes de ambos sexos, de una tribu desconocida, que los saludaban con reverencias y les pedían permiso para acercarse al calor.

—Por supuesto —dijo Mampucumapuro—; siéntense con nosotros. ¿De dónde vienen?

Ema, la cautiva

Uno señaló el occidente.
—¿Pertenecen al señorío de Caful?
Ni siquiera lo conocían. Venían de mucho más allá. Cuando supieron que ellos a su vez eran de Pringles (y Ema blanca, detalle que no necesariamente se percibía a primera vista) prestaron más atención. Ella pensó que era curioso que lo más prosaico de todo, el extremo oriental del mundo indio, resultara objeto de interés. Pero quizás no era curioso, con lo cual se comprobaría una vez más la grandeza desmesurada del mundo y el movimiento del tiempo, que hacían relativo al hombre.

Con desenvoltura tomaron ubicación alrededor del fuego, con las pinturas desteñidas, casi borradas, como si hubieran cabalgado bajo la lluvia. Pero quedaba lo suficiente como para ver que se trataba de los dibujos más elaborados. Traían consigo apreciable cantidad de bebida, y lo primero fue proponer un brindis por el encuentro. Las mujeres empezaron a armar cigarros. No eran, según toda evidencia, de los que duermen de noche. Parecían bien despiertos. Tan estéticos se mostraban, o tan estetas, que Ema los consideró demasiado fáciles de parodiar. Aquello debía ser deliberado. Sacaron instrumentos: arpas triangulares del tamaño de una mano, émbolos que sonaban como ranitas, y pequeñas trompetas de corteza. La flauta de Mampucumapuro, con sus treinta y seis clavijas, necesariamente había de parecerles tosca y pasada de moda.

Las indias admiraban a Francisco. Varias de ellas, embarazadas como Ema, le hacían bromas. Todo lo relacionado con el parto les provocaba risa —para esta civilización distraída y melancólica el nacimiento era hilarante—.

Después jugaron a los dados, lo cual aseguraba otro tipo de música. La nieve era un resonador de calidad única: el pequeño sonido agudo de los dados en el tablero, el hielo al entrechocar. Y las voces de los indios, que a cada momento se preguntaban: ¿Estás dormido?

Es una pregunta ceremoniosa, dicha con voz especial, tan seca como el susurro de las cañas. Sonaba y sonaba igual que el canto de los pájaros en un matorral.

Al amanecer había dejado de nevar. Tomaron café hirviendo y asaron pavitas. Quisieron bañarse para borrar del todo las pinturas antes de volver a decorarse. Se zambulleron con piedras-esponja y se frotaron hasta quedar en blanco. Nadaban apartando cascos de hielo, atunes congelados. Cuando salían ya se asomaba el sol, tan blanco y silencioso como el mundo que iluminaba. Las muchachas habían preparado té y café, y ellos se apretaron con sus tazas contra el fuego, riéndose de modo incontenible.

Una vez secos fueron en busca de las moras para teñirse, y como eran de las mejores hicieron una buena provisión. Las machacaron y cocieron hasta fundirlas en una tinta espesa, que debían aplicar tibia, no fría del todo. Se pintaban con los dedos, desdeñando los pinceles o pajitas convencionales; lo hacían con gesto precipitado y mirada ausente, como si diera lo mismo una cosa u otra y no les importara más que terminar de una vez. También a Mampucumapuro lo pintaron, y a Ema, un discreto círculo en el ombligo, que había borrado la distensión del vientre. Lo que sobró de la pintura lo echaron al agua, blandas flechas negras que se hundieron temblando.

Cansados del trabajo fumaron un rato, admirándose.

–Ya es hora de irnos –dijeron.

Al parecer tenían algo importante que hacer en algún lado, aunque no dijeron de qué se trataba. Silbaron a los caballos, que estaban mordisqueando hongos en los árboles. Se despedían aparatosamente.

–Les dejamos de recuerdo estas botellas para que beban a nuestra salud.

–Lo haremos.

–¡Adiós! ¡Nos vemos!

Al quedar solos, Mampucumapuro y Ema y el niño se sintieron repentinamente exhaustos. Los invitados, con su refinamiento sobrehumano, los habían agotado. Necesitaban este silencio. Bebieron y fumaron un rato, y al sentir el sueño se frotaron con resina por si nevaba. No tardaron en quedarse dormidos.

Se despertaron bien entrada la tarde. Había nevado, y los tres descansaban en la blancura más impoluta; el cuerpo del indio, alargado, pintado y aceitado, parecía una dormida encarnación de todos los esplendores salvajes. Durante un instante, al abrir los ojos, Ema no lo reconoció; miró alrededor, el cielo blanco, las copas blancas de los árboles. El rumor del arroyo. Suspiró profundamente y sintió el aire helado que le invadía los pulmones.

Ema, la cautiva

Cuando Mampucumapuro se despertó, después de echarle unas brazadas de leña al fuego alzó el arco y salió a cazar. No tardó mucho esta vez tampoco, y volvió con una presa insuperable: un pato de cuarenta kilos, con plumaje color marrón dorado y círculos rojos. Le había atravesado el cuello con una flecha.

Cenaron frente al espectáculo bárbaro de la puesta de sol. Como siempre sucede en estas latitudes, el crepúsculo acumulaba fenómenos cósmicos inconexos. Además, aunque nevaba, la mitad del cielo era de un azul profundo. Grandes relámpagos se recostaban sobre el horizonte, bajo un fantástico arcoíris. Crecían las estrellas y asomaba sobre los árboles blancos la luna, nevada.

—A esta hora —dijo el indio— todo se confunde y reconcilia como una imagen.

Ema cortaba trocitos de la pechuga del pato para Francisco.

—¿Una imagen?

—El mundo representa la brevedad de la vida, la insignificancia de los humanos.

Hizo un gesto amplio con el alón que tenía en la mano.

—La fugacidad de la vida es eterna.

Tiraron los huesos a la corriente. Se oyó a lo lejos el canto de los flamencos anu... iando la noche. Emprendieron el regreso a Pringles.

"¿Durará mil años la paz de Espina?", se preguntaba Gombo una noche.

Una lámpara de papel rosado brillaba en el centro del cuarto, y cada vez que se colaba una ráfaga y hacía temblar la llama, los rincones oscuros saltaban graciosamente, o la luz se estiraba hasta el techo y encendía una hebra de oro en la paja.

Desnudo en la cuna, recién bañado, el pequeño Francisco se reía con los ojos entrecerrados cada vez que Gombo le acercaba un sonajero. Sus carcajadas soñolientas se fueron apagando poco a poco hasta que se durmió. Ema le pidió que no se apartara durante un momento o el niño volvería a llorar. Los párpados se le empalidecían. Gombo lo tapó y se quedó esperando sin moverse. Estaba vestido con las bombachas blancas que usaba de entrecasa, y una camisa también blanca, almidonada. El fuego de la cocina caldeaba el ambiente, pero oían soplar el viento cargado de agua y nieve. Al crepúsculo se había desencadenado una furiosa tormenta, de modo que pasarían la velada en la intimidad.

Fue a la mesa y se sirvió un vaso de una botella de vino empezada. Prestó atención a los sonidos del viento y los truenos:

—Allá arriba —dijo señalando la dirección del fuerte— deben estar pasándola peor.

—¿Hacen guardia cuando hay tormenta?

—Teóricamente. Pero esas torres son la mar de frágiles, así que los vigías duermen en la base desde que empieza a nevar.

Se quedaron callados un rato. Ema trabajaba junto a la cocina. Gombo se ofreció a encenderle otra lámpara, de las que tenían lleno

un estante; todas de papel, las usaban para salir de noche y todas tenían algo roto.
—No es necesario, ya termino.
—El olor... ¿Es un pato?
—No. Una pintada. Se la compré esta tarde a un hombre que pasaba en un caballo alto, un cazador.
—Debió ser un trampero. Las pintadas son aturdidas, un negocio formidable. ¿Era indio?
—Sí. Con hojas negras tatuadas en el pecho.
—Un indio con hojas negras tatuadas en el pecho...
"Qué agradable es conversar", pensaba Gombo. Hablaron de otras cosas. Del techo se descolgó una mariposa marrón. Era la medianoche. Ema volvió a levantarse para sacar el ave del horno. La pintada crepitaba en la salsa y desprendía un torbellino de vapor dorado que la envolvió. Con el mayor cuidado la pasó a una fuente y vació la salsa en un tazón. Como siempre, el marido la miraba con extrañeza sin límites. Ya a punto de dar a luz, había una agilidad misteriosa en ella. Todo era misterioso, pero en la frontera nunca se hablaba de eso. Además, la pintada ya estaba en la mesa y parecía muy apetitosa. Había pasado todo el día durmiendo, de modo que no comía nada desde el desayuno. La hizo sentar y fue a buscar dos copas limpias; abrió una botella de champagne ganada a los dados, ahogando la explosión con un pañuelo para no despertar a Francisco. La luz de la lámpara había ido amortiguándose, hasta un resplandor amarillo oscuro que les gustaba; el horno apagado irradiaba una onda tibia, y para hacer más notable el abrigo, la tempestad se descargaba con todo su vigor.
—No me sorprendería que el viento levante el rancho y lo lleve al otro lado del bosque —dijo Gombo.
Trajo un cuchillo largo y delgado y trinchó el ave con habilidad. La carne era muy blanda. Le sirvió un alón a Ema, se decidió por un muslo, y roció las presas con sendas cucharadas de salsa.
Comieron en silencio, oyendo cómo se renovaban todos los ruidos de la tormenta; el viento parecía ir y volver, y había ráfagas que estallaban con ruido de truenos contra las paredes del rancho.
Ema probó una sola presa y una copa de vino y se levantó.
—¿No comés más? Deberías alimentarte.

Negó con la cabeza. Se sentó en la mecedora, en el extremo del sector iluminado, y entrecerró los ojos. Se puso las manos sobre el vientre.

—¡Cómo se mueve!

Gombo fue a sentirlo. Apoyó las dos manos donde ella le dijo y esperó hasta que hubo un gran golpe y una voltereta, tan imprevista que los hizo reír.

—Se estira como si estuviera desperezándose. ¿Dormirá igual que nosotros?

—Duerme cuando vos estás dormida.

Le alcanzó una manzana que Ema mordisqueó sin muchas ganas mientras él daba cuenta del resto de la pintada y la botella. Después se echó atrás en la silla y volvió a mirarla. Había cerrado los ojos.

—¿Tenés sueño?

—No, creo que no. Dormí todo el día.

Gombo sacó una botella de coñac y dos copas. Antes de llenarlas las calentó ligeramente sobre la vela. Tomó apenas un sorbo y volvió a levantarse, a preparar el café.

—En una noche como ésta, decía, uno no siente urgencia por acostarse porque sabe que tarde o temprano, de todos modos, se dormirá.

—Hay gente que no puede conciliar el sueño cuando hay tormenta.

—No es nuestro caso, ¿no? En Pringles se duerme siempre. A veces me pregunto... si el sueño de la gente no formará parte de un paisaje, de una sociedad. ¿Pero cómo calcularlo?

Se quedó pensando en su pregunta. Ema había empezado a armar dos cigarrillos pequeños y mirando sus dedos tan seguros (lo subyugaban) la meditación de Gombo se transformó.

—¿Por qué será...? —dijo con voz soñadora, y se quedó interrumpido. Ema levantó la vista.

—¿Por qué será —volvió a decir— que las mujeres arman los cigarrillos de los hombres?

Ema ya estaba acostumbrada a estas epifanías interrogantes. Su marido parecía tener el don de encontrar las preguntas más imprevisibles, las destilaba de cualquier situación, hasta las más triviales.

—¿Por qué, en efecto? —dijo, pero él estaba demasiado arrobado para advertir su tono burlón, y sólo repitió:

—¿Por qué?

Empezaron a fumar. Ema encendió los cigarrillos con una hojita de morera enrollada que introdujo en la lámpara. Gombo no había terminado. Después de la primera pitada siguió hablando.

—Recién, al mirarte, se me ocurrió pensar algo que en realidad no tenía que ver con los cigarrillos: ¿por qué las mujeres embarazadas ocupan tanto espacio? No logro entenderlo.

—¿Espacio?

—Es incomprensible. Más bien, se vuelven espacio ellas mismas —dijo Gombo.

—Dicen que las embarazadas vemos por todas partes mujeres en nuestra misma condición. ¿Eso responde a tu pregunta?

—No.

—De todos modos, aquí es imposible comprobarlo.

—Es cierto. No hay mujer que no esté gestando. ¿Qué otra cosa podrían hacer? Por lo menos pasan el tiempo. Además, para eso las mandan al desierto, para poblarlo.

Eran viejas bromas liberales, que Gombo repitió por costumbre, pero pensaba en otra cosa.

—Cuando hablé del espacio, me refería a algo distinto. ¿De dónde vienen los niños? ¿Cuándo va a estar totalmente poblado el mundo?

—Todas esas preguntas tienen respuesta.

—Lo sé, niña... Pero... Lo sexual es invisible. No deja ver...

Terminó con un gesto vago, envolviéndose en nubes de humo. Pero el agua ya hervía, de modo que filtró lentamente el café, cuyo aroma lo hizo reír: se había acordado de algo.

—Mi abuela decía: "no hay olor más alcahuete que el del café".

Llenaron los pocillos y los tomaron en silencio. Volvieron a servirse coñac. Los cigarrillos se habían extinguido y Ema armaba otros dos. ¡Qué lejana empezaba a parecerles la tormenta! ¡Y qué cercana a la vez! Con sólo estirar la mano podían tocarla..., pero preferían no hacerlo.

—¿En qué se transformará la tormenta en el bosque?

Era el modo habitual de referirse al bosque: todo lo cambiaba.

—En nada —dijo Gombo—, allí adentro no existe, no puede entrar. Y aquí mismo, nos alcanza su protección; en el llano la casa no resistiría. Un momento –dijo al ver que los cigarrillos ya estaban armados.

Alzó la lámpara y le quitó la pantalla, un cilindro de papel endurecido por el calor que quedó olvidado en la mesa. Fumaron un instante.

–En otro lugar, nos extinguiríamos. Pero aquí la muerte es imposible. (Soltó una vara de humo hacia arriba.) Totalmente imposible. Una protección absoluta.

Y agregó:

–La vida es imposible, y la muerte también. ¿Hay algo que no sea imposible?

–Tener hijos es posible –dijo Ema.

–Muy cierto. Ahora que lo pienso... Lo imposible de la vida se manifiesta de modos distintos, y quizás opuestos, en los hombres y las mujeres. Quizás no haya otra diferencia entre ellos. Pero la vida sigue siendo tan imposible para vos como para mí, o para él (señalando la cuna de Francisco); es lo único que queda. Es imposible que un individuo viva en una especie, o fuera de ella. No es misterioso. Todo lo contrario.

Hizo una pausa (hacía largas pausas entre una frase y otra), y pareció salir de su humor filosófico. Apuntando a Ema con el cigarrillo le dijo, como un maestro a su alumno:

–Y si no fuera imposible, la vida sería espantosa. Será mejor que lo tengas presente. Quizás las cosas cambien en el futuro. Quizás dentro de cien años la vida sea posible... Pero afortunadamente no voy a vivir para verlo.

Un largo silencio.

–Y sin embargo... Nuestra vida está sentada aquí con nosotros, como una cochera lapona en medio de la tormenta de nieve... La vida pasa siempre como una nube, sin tocar nada ni dejar huella. Igual que la tormenta: no deja huellas porque se repite.

Cuando volvió a hablar lo hizo en voz más baja y tenebrosa, como si hubiera recorrido con el pensamiento un largo camino secreto y ahora surgiera muy lejos.

–De hecho –dijo mirando el cigarrillo casi consumido entre los dedos–, no sabemos qué efecto pueda tener esto en el organismo. O las bebidas. Según yo lo veo, nunca va a llegar a saberse, por más que avance la ciencia. Sería como pretender saber qué puede depararle el tiempo al hombre..., el tiempo minúsculo, que corre entre un golpe de corazón y el siguiente. La química crea el tiempo. No, no... La glotonería. Un hombre come un hongo y puede ver visiones sublimes, o morir intoxicado. No se sabe. Por ese detalle es que estamos condenados a ignorarlo todo en el mundo.

Ema arrojó la colilla al fuego y él la imitó mecánicamente.

—¿Armo otro más?

Vaciló un instante.

—Uno, antes de ir a dormir.

Le miró las manos enrollando una hoja que parecía rosada. No se oían truenos, pero el silbido de la nieve era más alto y agudo. Toda la aldea debía dormir. Se sirvió una última copa de coñac (la botella estaba casi vacía) y se echó atrás en la silla fumando en silencio mientras Ema tendía las esteras en el suelo... Todo parecía haberse vuelto más lento, más silencioso. Sacudió la ceniza del cigarro sobre el plato con los huesos...

En ese momento una de las paredes del rancho se desgarró de arriba abajo como un papel mojado. Una tromba de viento apagó la única luz que tenían y convirtió la atmósfera cálida y perfumada por los cigarrillos en un caos de olores helados. Un resplandor de incendio empavonaba el blanco nocturno de la nieve. En la abertura había aparecido la silueta amenazante de un indio. Con el movimiento que hizo para entrar movió la antorcha que llevaba en la mano y se iluminó: pintado de pies a cabeza con terroríficos diseños de guerra y el rostro transparente bajo un maquillaje de demonio; iba rapado y desnudo. El matrimonio sorprendido, en el lapso de esos segundos de estupor, comprendió que la aldea había sido objeto de un ataque sorpresivo disimulado por la tormenta.

El salvaje no llegó a entrar; Gombo había saltado hacia la silla donde estaba colgado el sable y de un solo golpe poderoso le partió la cabeza. El aluvión de sangre que dispersó el viento los bañó. Ema, junto a la cuna, alzaba al niño envuelto en mantas.

—¡Al fuerte! —gritó Gombo por sobre el ruido de la tormenta, mientras el rancho entero se plegaba y volvía a la nada.

Divisaban otros indios aproximándose, aunque a duras penas podían abrir los ojos. Corrieron por el sendero de las anémonas.

El huracán estaba en el ápice de su actividad; la nieve venía de todas partes, no sólo de arriba, pues a veces se desprendían del suelo grandes bloques blancos que les estallaban entre las piernas. Las nubes pasaban veloces como águilas bajo la luna, y cada vez que una especialmente grande la ocultaba del todo, la única luz del paisaje provenía de los ranchos incendiados. Ema corría encorvada sobre el niño, Gombo con el sable en alto.

El rancho más cercano ardía como una hoguera, y antes de que pudieran dejarlo atrás les salieron al paso varios jinetes que parecían surgir de las llamas mismas; los gritos que oían, gemidos agudos y desarticulados, no los proferían los indios sino sus caballos, que se mordían la lengua hasta destrozarla y escupían chorros de sangre y espuma. Ema apenas tuvo tiempo de ver que venían cargados con mujeres desvanecidas; una de las bestias la atropelló: una cabeza de pesadilla con ojos fuera de las órbitas y toda la piel erizada, las venas salientes del grueso de un brazo, la tocó en la oscuridad, y bastó para que cayera y rodara en la nieve. Sintió vértigo, el cuerpo presa de un furioso movimiento ajeno a ella. Cuando pudo arrodillarse, al fin, los remolinos la ocultaban. Aún tenía al niño en brazos, pero las mantas habían volado. Estaba sola.

En su estado, le resultó difícil incorporarse; quedó un instante de rodillas, a punto de perder la conciencia. Extraviada, no veía más que el tumulto de los ciclones. Creía estar quieta pero en realidad el viento la iba arrastrando, de lo que se percató al estrellarse lentamente contra un árbol, una morera cuyo tronco deformado le dio abrigo por el momento; el silbido de las ramas la petrificaba. A la luz de los relámpagos se inclinó a ver a Francisco; lloraba, pero no podía oírlo.

De pronto una ráfaga más fuerte que las anteriores disipó la nieve del aire y avistó durante un segundo, a lo lejos, el fuerte silencioso y oscuro bañado por la luna, como una construcción fantástica levantada en algún planeta muerto.

Vio pasar varios indios montados, con cautivas desvanecidas, brillantes de luz lívida; sobre ellas los salvajes parecían más bien maniquíes de oscuridad tatuada con rayas y círculos. Como nadie la vio, tuvo una leve esperanza; quizás el ataque había terminado y los indios se marchaban.

Los velos que hacían todo invisible se deshacían y volvían a formarse en diferentes lugares; de pronto se evaporaron enfrente de Ema, y pudo ver una casita a unos cien metros. Las llamas subían de las pequeñas ventanas y habían vuelto casi transparente el material de los muros; el techo al fin estalló en chispas.

La luna se había ocultado. Los relámpagos sólo mostraban una formidable confusión. El árbol se estremecía hasta las raíces y Ema se dio por perdida: en cualquier momento volarían. Apretó con más fuerza al niño contra el pecho.

La sombra de un jinete estaba apostada muy cerca de ella; de pronto comenzó a acercarse, muy despacio. En medio del frenesí, su calma resultaba aterradora. Sólo por un instante tuvo la ilusión de que fuera un soldado... El gemido del caballo la sacó de su error. Debía ser un indio rezagado que recorría las calles sin resignarse a tener que dejar la aldea sin una cautiva. Un rayo de luna se lo mostró: brillante de grasa, la cabeza afeitada, bandas rojas de lacre en el pecho.

La luna había salido solamente para mostrarle a Ema la mirada del salvaje, que vino hasta ella y se inclinó, sin apearse; la tomó por debajo de los brazos y la sentó en el cuello del potro. Un instante después, el árbol volaba.

Se marcharon. La perspectiva de Ema cambió. Corrieron entre los ranchos incendiados; los fuegos eran de un violeta azulado, muy frío. El viento transportaba por encima de su cabeza muebles en llamas, bellamente recortados contra el negro del cielo. El salvaje apuró al animal subiendo la cuesta, a favor del viento. En lo alto se detuvo un momento; desde allí se veía el fuerte con los portones abiertos y los soldados que salían y corrían ciegos hacia el poblado, con los sables en alto, como juguetes de pasta. Se volvieron y el caballo corrió hasta alcanzar al grueso del malón, cargado de mujeres. Vadearon el arroyo y se hundieron en la noche en dirección al bosque.

En su excursión anual de primavera a la isla de Carhué el príncipe llevó una comitiva desmesurada, casi el triple de lo que en viajes de esa índole constituía la compañía habitual, ya recargada de músicos, asistentes, masajistas, cazadores, guardaespaldas y niños, enorme cantidad de niños, más la multitud de parásitos sin otra función en las cortes que dormir y mostrar sus tocados espléndidos renovados según la hora del día y la circunstancia. En contra de la opinión de su padre, se obstinó en llevar incluso mujeres blancas que le habían regalado en las últimas semanas, con algunas de las cuales no había tenido aún oportunidad de pasar una noche; la oposición del viejo cacique, hecha a un lado con sonrisa de desdén por el hijo, respondía, siquiera con tibieza, a la actitud antigua hacia la isla, refugio sagrado que no debía mancillar la presencia ambigua del blanco. Y era comprensible que Hual hiciera poco caso de la recomendación por cuanto hacía décadas que la isla había ido perdiendo su carácter divino para transformarse en el más mundano de los rincones del desierto, centro de reunión estival de los caciques más ricos, que no asistían en busca de protección mágica alguna sino por la mera absorción de lujo y ocio por contacto, y otros placeres menos desinteresados. Pero sin saberlo él mismo revelaba restos de la arcaica predisposición ritual al nomadismo, al no avenirse a sacrificar por la comodidad del viaje la carga de la vida cotidiana. Quería trasladarse íntegro, en cuerpo y alma. Al verlo preparar sus vacaciones con tal cantidad de gente, le auguraban poco descanso, aunque en última instancia las críticas no iban más allá de un encogimiento de hombros: era la prerrogativa, después de todo, de un capitanejo millonario, desplazarse rodeado de su mundillo, si así lo deseaba, o transportar hasta el último de sus galgos y loros a cientos de millas por unas pocas semanas, con el único objeto de no sentir nostalgia. Unos días antes salió una partida de jóvenes para llevar y construir los alojamientos portátiles en la isla. Los cargó de recomendaciones y una cantidad de dibujos y diagramas de lo que quería, no sólo las dimensiones y formas de las tiendas sino también la orientación, la distancia de la costa, y mil detalles.

–Querido Hual –le dijo uno de sus adelantados sin ocultar la ironía–, si vamos a tomar en serio todo ese fárrago, nos llevaría meses tender los techos bajo los que querés dormir de aquí a una semana.

–No importa. Habrá tiempo.

Preferían actuar según la inspiración del momento, como hacían siempre. Pero Hual se obstinaba contra el azar; cuando los despedía, se le ocurrió que quizás no supieran llegar a la isla y mandó a buscar algo a su tienda.

–Lleven este mapa –dijo.

Era una hoja de papel grueso, doblado en cuatro y cubierta de inscripciones de los dos lados. La guardaron con todo el resto con un suspiro.

–Apreciamos el gesto –le dijeron.

Hual quedó preocupado, y le decía a quien quisiera oírlo que con toda seguridad se perderían y cuando él llegara no tendría dónde dormir. Casi llegó a tomar en serio sus propias fantasías y por un momento pareció dispuesto a renunciar al viaje, pero alguien disipó vigorosamente sus aprensiones y al fin partieron, un amanecer, con todas las mujeres y una reducida guardia de corps, montados en ponis grises y la carga en otros tantos caballos. El trayecto que debían recorrer era de apenas treinta leguas, pero llevaban tantos niños, y eran tan frecuentes los altos para beber o dormir la siesta, o bañarse en todos los arroyos con los que se encontraban, que tardaron cinco largos días en llegar. Hual era absolutamente complaciente. Un hombre alto, de cuerpo armonioso y atlético pese a la vida de perfecta molicie que llevaba. Su orgullo era la gran cabellera negra, siempre aceitada y cepillada, que caía con el peso del acero ocultándole la mitad de la espalda. Los rasgos brutales del rostro eran redimidos por el resplandor de maravillosa inteligencia de los ojos. Su generosidad era proverbial. Su peculiar neurosis consistía en aprobar todo lo que se le sugiriese. Según la leyenda, había sido sadista en su primera juventud. Aparentaba unos cuarenta años, aunque probablemente tuviera diez menos.

Al quinto día de viaje, casi de noche, llegaron a la margen sur de la laguna. Dos de los exploradores fueron los primeros en verla y volvieron al galope por la picada a dar la buena nueva al príncipe y evitar que hiciera un alto inoportunamente. El bosque se interrumpía de pronto y hubo un coro de exclamaciones. En la luz grisácea del fin del día vieron la enorme playa desnuda cubierta de pájaros. El agua se extendía hasta perderse de vista. Habían esperado ver de inmediato la isla, pero todo lo que había a lo lejos eran nieblas sombrías de las que a veces escapaba un pájaro, pequeño como un punto.

Fascinados por el espectáculo inmóvil, avanzaron hacia la orilla. Tras una consulta con sus lugartenientes, Hual se decidió a dejar el cruce para la mañana siguiente. Sacaron de las alforjas bengalas para comunicarse con los constructores. Las arrojaron sin esperar a que anocheciera. Desde muy lejos, de la isla oculta en nieblas, saltaron a los pocos instantes las respuestas, cinco bengalas blancas y una verde que se agitó en espirales hasta el cielo y fue a caer al agua.

Hual se hizo armar una toldilla para pernoctar, en medio de la playa, y pidió bebidas y cigarrillos. Comenzaba el proceso del crepúsculo, de un gris brillante y tenso. El aire parecía cargado de electricidad. Toda la compañía se recostó en las arenas erizadas, todos en silencio, hasta los niños.

Los guerreros estaban exhaustos, no sabían de qué. Fumaban presos de la somnolencia. Algunos bebieron hasta quedarse dormidos. Deberían haber salido a cazar algo, pero no estaban con ánimo, y nadie tenía hambre.

Los caballos se paseaban extrañados. Daban unos pasos y se detenían a mirar el suelo, desconcertados por la arena. Fueron hacia el agua y hundieron los cascos en la onda blanquecina, pero cuando intentaron beberla descubrieron que era salada y la escupieron. El gris de sus pelajes atraía los últimos restos de luz y los volvía fantasmales. Al fin se dejaron caer. Cerraron los ojos para dormir.

Los galgos volvieron al bosque, donde se sentían más a gusto, y se acostaron entre las hojas. Desde allí miraban con ojos fosforescentes a la deprimida compañía de Hual. El aire les pesaba, era casi irrespirable. Hacía demasiado calor, aunque recién empezaba setiembre. Estaban cubiertos de sudor, brillantes, pese a la inactividad. Lo atribuyeron a la proximidad del agua. La oscuridad fue acentuándose, y antes de la noche asomó una luna amarilla y enorme que los transfiguró. No había necesidad de encender fuego, y no lo hicieron. Lo último que vieron con la claridad del día fue una gran cigüeña de anteojos que pasó volando en dirección al bosque.

Sólo se movían para llevarse un cigarrillo a los labios, o servirse de beber. Poco a poco se fueron durmiendo uno tras otro, tirados en la arena donde estaban. Hacia la medianoche, nadie estaba despierto. La quietud y el silencio eran sobrenaturales.

Pero antes del amanecer se desencadenó una furiosa tormenta. Voló como un papel el toldo del príncipe, volaron enormes árboles en las ráfagas de un viento insólito, y toda el agua de la laguna parecía levantarse de su lecho y enrollarse amenazadoramente. Cayó un torrente de lluvia. Manojos de rayos, centellas pesadas como meteoritos.

Aun así, fueron pocos los que se despertaron a mirar, con muy escaso interés, el temporal. Los más siguieron durmiendo y se despertaron recién con la primera luz del sol, ya todo en calma. Abrían los ojos a un mundo que se había transformado: árboles derrumbados y apilados en la playa, los caballos enterrados en la arena: sólo asomaban las cabezas dormidas como esculturas. La fuerza del viento había succionado de lo profundo de la laguna toneladas de peces plateados que ahora yacían por todas partes. El príncipe, que se aseguraba el sueño tomando una bestial cantidad de somníferos, fue el último en volver en sí, y el más sorprendido. Sin decir nada miraba los árboles cabeza abajo, los hombres desenterrando a los caballos, la configuración fantástica de la arena, tan distinta de la chatura insustancial de ayer.

Pero el sol se anunciaba con rojos espléndidos, los pájaros cantaban como si nada hubiera sucedido, y los salvajes se pusieron de pie con la altiva condescendencia que los distinguía, llenos de riqueza y bien dispuestos.

El horizonte, la isla, la laguna entera, estaban cubiertos por un gigantesco arcoíris. Se levantaban nieblas estriadas de azul ceruleo, resto de la tempestad. Alguien afirmó haber oído el canto tan raro de la cachila. Los insectos lanzaban sus llamadas enérgicas, como si sus familiares se hubieran extraviado en la confusión de la noche.

Tenían hambre (no habían cenado), pero algunos opinaron que no convenía perder tiempo. Hual sancionó con ecuanimidad: mientras los guerreros se ocupaban de armar las balsas, las mujeres cocinarían los mejores peces y mejillones aventados por el ciclón, y aves que habían caído. Así se hizo. Cuando sintieron el olor delicioso de la comida todos abandonaron lo que tenían entre manos y hasta el príncipe depuso su aire estúpido para roer unas cabezas de trucha y comer ciruelas silvestres.

En las balsas pasarían las mujeres y los niños. Con grandes esfuerzos les pusieron a los caballos arneses redondos de corcho que los ayudarían a nadar junto a las balsas. Por último los guerreros remaban en una almadía desplegable cargada con todo el mobiliario íntimo del príncipe, que iría en su bote de corteza, con un remero. Los estallidos de alegría de los niños cuando zarparon le provocaron un acceso de malhumor y tomó láudano y morfina.

Se internaron en la laguna. Poco a poco la niebla los fue envolviendo. Los gritos de los niños los ayudaban a no dispersarse, pero perdieron toda noción del rumbo; de todos modos, tendrían que aproximarse a la isla, que estaba en el centro geométrico de la laguna. Y así fue. Lo primero que oyeron fue el canto de los pájaros, un verdadero trueno de gorjeos que estremecía la isla día y noche. Después, unos misteriosos martillazos.

Al fin en la blancura se distinguieron sombras grises, que en un primer momento tomaron por nubes. Pero eran árboles, el techo magnífico de vegetación de la isla. Les parecieron demasiado gigantes. Pero al irse acercando las dimensiones se hicieron más convencionales, y terminaron varados en una playa de arena fina, donde todo parecía microscópico.

Los caballos fueron los primeros en salir del agua; tras ellos los guerreros, que iniciaron la trabajosa descarga. Los niños corrieron, aturdidos, gritando. Las mujeres miraban alrededor.

Evidentemente habían errado el sitio del campamento, pues no veían rastros de toldos.

Al desembarcar Hual, ayudado por dos de sus esposas, no pudo evitar un gesto de desconsuelo.

—¿Adónde habrán ido a meterse esos inútiles? Quién sabe a qué hora los encontraremos.

Miró los árboles en el linde de la playa:

—Limbos florecidos. ¿No sienten el olor? Tengo sueño, y querría oír música antes de acostarme.

En efecto, tenía los párpados enrojecidos de sueño. Pero una mirada a sus hombres le mostró que no estaban con ánimo de atenderlo. El trabajo de bajar los bultos, a medias sumergidos para detener la almadía, los tenía fastidiados.

No tardaron en aparecer los jóvenes, en la vuelta de un montículo de la playa. Hual a duras penas podía contener la impaciencia. Al encontrarse practicaron las zalemas de siempre. Se los veía dichosos y satisfechos, y habituados como estaban a los caprichos del príncipe, no perdieron la sonrisa al oír sus reproches fatalistas.

—Los toldos están listos, a menos de doscientos metros de aquí, en una playa más recogida, mejor.

—Llévenme —les dijo.

Emprendieron la marcha. Los jóvenes hablaban con volubilidad, complacidos con cada detalle de la isla. Hual los interrumpió: ¿cuántos magnates se habían hecho presentes?

—Tuvimos poco tiempo para curiosear, y menos aún para hacer vida social —le dijeron—, pero hasta ayer había apenas tres cortecitas, y una creemos que se marchó anoche.

Le dijeron los nombres. Eran caciques de mediana importancia, uno de ellos pariente de Hual. La temporada todavía no había empezado. Recién a principios del verano, dos meses más tarde, comenzarían a afluir los reyes del desierto a entretenerse con el juego, la firma de tratados y el descanso al sol. Hual, que pese a su riqueza no detentaba el menor poder político, prefería ir a pasar un mes en la primavera. Afirmaba que la política a la violeta que se realizaba allí era una farsa, y él prefería la frivolidad más trascendental del apartamiento vicioso y la sociedad amatoria.

No obstante lo cual en ninguna de sus estadías había estado solo, pues todo el año, incluido el impasse entre las temporadas de invierno y verano, se presentaban caciques desocupados con sus cortes.

Los toldos a los que llegaron tras un paseo de cinco minutos eran la quintaesencia de la fragilidad. Afectaban formas de valvas estrelladas, conseguidas pegando papeles a estructuras de mimbre torcidas y atadas. Increíble que la tormenta no las hubiera hecho desaparecer. Pero estaban ubicadas hábilmente entre árboles, y quizás el aire no había encontrado de dónde alzarlas. Todos miraban al agua. El aroma de unos tilos recién lavados caía sobre el poético asentamiento ocre y amarillo. Tras las carpas, tres pequeñas torres ceremoniales, y alrededor de ellas las flautas de tacuara, de cuatro metros de largo cada una, para soplar las llamadas a los espíritus plausibles.

El príncipe, que seguía bajo el efecto de las adormideras, no vio nada. Vuelto hacia una de las esposas, con ojos turbios le mandó desplegar su estera en el toldo del centro y anunció que seguiría durmiendo, por lo que sugería que fueran a recorrer los alrededores, y sobre todo que se llevasen a los niños. Cuatro o cinco de sus esposas entraron con él a darle de fumar y atenderlo; los demás, excitados por la novedad del sitio, después de acomodar de cualquier modo los objetos, salieron en distintas direcciones. Los niños tuvieron permiso absoluto de ir adonde quisieran.

La mañana se anunciaba perfecta, con el sol todavía velado de rojo aunque estaba alto y Venus como una naranjita blanca. La brisa soplaba llena de perfumes, con una salinidad que exaltaba.

La isla de Carhué abarcaba una extensión de cuatro o cinco leguas, de forma ovalada y relieve curioso, mezclado de alturas y profundidad, que hacían subir y bajar todo el tiempo los caminos. La rodeaba un ancho cinturón de playas silíceas sobre las que avanzaban con gracia las ondas casi nunca agitadas de la famosa laguna, que albergaba, como un mar en miniatura, una variedad inusitada de peces. Muchos caciques iban exclusivamente por el placer de la pesca, y habían sembrado, a veces con total irresponsabilidad, los especímenes más raros, que prosperaban en su estado original, o cruzados.

En cuanto a la flora, no tenía parangón en todo el sector oriental del bosque. La poca variación de temperatura, las lluvias frecuentes y la riqueza terciaria del suelo se conjugaban para que la isla fuera un muestrario de todas las plantas raras y hermosas que pudieran imaginarse.

Hasta en los meses más tórridos el clima se mantenía aceptable, lo cual explicaba la afluencia de veraneantes, que de ser menos inactivos y bebedores habrían amenazado la ecología. Al principio sólo venían los caciques con intención de conversar con sus pares, pero luego habían acudido toda clase de snobs e impresores de moneda. No había población estable: por mucho que les gustara pasar una temporada en el pequeño paraíso flotante, a nadie se le ocurrió hacer de él su morada. La mera idea de quedarse los ponía nerviosos.

En su recorrida los distintos grupos encontraron diseminados, entre el boscaje y las playas, numerosos acampantes de las comitivas extrañas. Círculos de jóvenes envueltos en humo fragante y rodeados de botellas y calabazas vacías. En el centro un tablero de dados. Sus señores sólo les pedían que los dejaran en paz. En la completa desocupación, no tenían otra cosa que hacer más que pintarse y ser sublimes de la mañana a la noche.

En todos los encuentros había una larga sesión de saludos y razones, y se los invitaba a reunirse a las rondas y participar en el juego. Hospitalarios y curiosos, se ofrecían a guiar a los recién llegados y organizar fiestas para esa noche. Pero no sabían qué planes podía tener Hual.

El estruendo de las aves era portentoso. Pese a lo cual, y como sucede casi siempre en la selva, los salvajes hablaban en susurros. Al paso de los visitantes se apartaban a veces zorros blancos pequeños que cumplían una función ornamental y no se cazaban. La carne, decían, tenía sabor a jabón como la del chajá. Tirándoles una masita se dejaban atrapar. Tenían dientes de leche.

Uno de los grupos cruzó la isla en diagonal hasta una playa del norte, donde sonaban gritos y estallidos de risas. Al salir de una cortina de enredaderas vieron una cantidad de jóvenes bañándose y jugando en la arena. Avistados, hubo saludos e invitaciones con bebida.

Entre ellos se destacaba un personaje poderoso, pintado de negro y gris, alto, de mirada dura y voz resonante.

—¿Con quién vinieron? —les preguntó.
Se lo dijeron.
—¿Hual? —preguntó alzando una ceja.
—¿Lo conoce?
Asintió, con una vaga sonrisa.
—Iré a visitarlo.

Mientras tanto, otro contingente se deslizaba por la maraña, cinco o seis guerreros y otras tantas muchachas, sin más carga que estuches de papel para cigarrillos y collares de piedras opacas. Habían decidido buscar uno de los famosos manantiales de la isla, aun sabiendo que no era fácil encontrarlos. Fueron subiendo sin darse cuenta por una ladera boscosa hasta que oyeron el rumor del agua. Siguiéndolo no tardaron en hallar una batea de líquido en movimiento, entre rocas grutescas. Se sentaron en las piedras, sin aliento. Por entre los árboles podían ver, extraordinariamente abajo, un fragmento del gris solar de la laguna.

Algo súbito les hizo volver la vista al agua: era un manatí de seis metros de largo, azul, moviéndose con sinuosidad bajo la superficie. ¿Cómo habría llegado a esa cumbre? Sobre la fuente había huecos, y de uno de ellos salió de pronto una gran cabeza de atún: otro manatí, con las narices distendidas en el aire y los ojos chatos fijados en las evoluciones de su semejante. Los excursionistas se abstenían del menor movimiento. Ignoraban lo peligrosos que podían ser esos mamíferos.

Al fin el de la gruta se zambulló torpemente. En la caída pudieron apreciar el cuerpo azul en su totalidad: era una hembra. Comprendieron que estaban a punto de ver, por obra del azar, un apareamiento. El macho no podía más de la excitación. Cuando nadó al revés le vieron dos cuernos a los lados de la cloaca, erectos, del largo y ancho de dos lápices, y terminados en puntas aguzadas. La hembra giraba: la cloaca envuelta en anillos de materia bulbosa que latía. Se acoplaron y cayeron hasta el fondo. Gritaban, y el agua alejaba los gritos. Se revolcaban sin despegarse en el éxtasis. A su alrededor se difundió una maraña de hilos blancos. Cuando se soltaron subieron a la velocidad del rayo; asomaban las cabezas como dos nadadores y resoplaban con violencia: habían estado sumergidos no menos de quince minutos. Se alejaron bogando alegremente por la hoya.

Los jóvenes quedaron soñadores. Probaron el agua: helada, con extraño matiz de sabor límpido y amargo. Quizás era el gusto de los manatíes.

Tan impresionados estaban que cuando vieron aparecer de pronto una figura humana sobre la pared de las grutas, durante un momento se quedaron pensando en animales desconocidos... Era un indio, cubierto de resina brillante con una pizca de rojo óxido, el cráneo afeitado y los genitales en un cuenco de porcelana blanca atado con cintas. Los miraba, divertido del desconcierto que les había provocado.

—Buen día —les dijo con voz educada—. ¿Quiénes son?

Se lo dijeron.

—¿Quieren subir a tomar una copa con nosotros?

—Lo haríamos con gusto... pero no sabemos por dónde subir.

Se inclinó a señalarles unos escalones cavados en la piedra. Una vez arriba, el extranjero los condujo hacia una mesada de lajas en la que estaban sentados sus amigos jugando a los dados. Perfectos, pintados, de modales desenvueltos y superiores. Las mujeres sostenían grandes cigarros humeantes.

—¿Piensan quedarse mucho tiempo?

No lo sabían.

—Nosotros —dijeron con un suspiro— hace más de un mes que estamos aburriéndonos en estas playas. No vemos la hora de marcharnos, hora que suponemos no tardará en llegar.

—No parece aburrido.

—No al principio. Pero ya verán.

Alzaron los cubiletes en forma de huevo. Jugaban con un magnífico equipo de dados de marfil sobre un tablero doble.

Una vez formalizadas las apuestas, los daditos rodaron con ruido seco, multiplicado, el único sonido que hacía callar a las aves. Todo sembrado de botellas vacías —al parecer habían estado días enteros allí—. Pero bastantes quedaban llenas, y brindaron una y otra vez. El tiempo pasó sin sentirlo. Cuando vieron la hora tuvieron que despedirse.

El príncipe, por supuesto, seguía durmiendo, pero igual salieron a cazar algo para el almuerzo, y los chicos a desanidar. El sol había brillado con intermitencias durante la mañana. Ahora estaba oculto tras una capa de nubes de un gris muy claro, que desprendía blanco sobre el mundo. La iluminación más adecuada para la caza. Los arcos de los hombres parecían de juguete, de tan pequeños. Cuando los tenían armados, el menor movimiento del follaje les hacía tirar la flechita, del tamaño de un lápiz, con un sobresalto de todos los músculos. No apuntaban. Era difícil que erraran el tiro. La flecha de caña de bambú, con una púa, tenía tan poco peso que volaba tambaleándose. Al cabo de un rato hicieron buena provisión de pájaros diferentes. De muchos ni el nombre sabían, pero en esa región nada más que los de pluma blanca eran venenosos, o apenas indigestos. Los médicos indios sabían exprimir de las cabecitas de un ave gotas que con cierta frecuencia se usaban para acelerar una sucesión o liquidar un diferendo. Los envenenamientos accidentales eran muy raros pues un individuo debía ser muy descuidado para comer pájaros que no conocía. Sólo un almuerzo demasiado abundante y distraído.

Cargaban las presas en morrales de malla elástica que llevaban en la espalda. Cuando no les cabían más, y caminaban agobiados por enormes globos de masas plumosas matizadas, volvieron al campamento, del que no se habían alejado mucho.

Los niños se internaban en arboledas buscando nidos. Ágiles como los monos para trepar, aferraban el tronco con pies y manos manteniendo el cuerpo apartado. Lo cual producía una sensación de ingravidez. Y eran silenciosos, salvo la risa. A veces venía un pájaro a cantar soñadoramente sobre el despojo. El niño quedaba intimidado. Los pájaros no sabían devolver la mirada, por el color de los ojos. Y los niños habían aprendido a no mirar nunca al ojo que divagaba... Algunos nidos tenían un olor peculiar, que ellos aspiraban con vigor, un efluvio íntimo y secreto, que se repetía en sueños.

El botín fue abundante: lebratos, ranitas de muslos gordos. Las mujeres sacaron fruta silvestre y tubérculos. Los nadadores arrancaban rizomas del nardo de agua, y la bola dulce en la que se inserta el junco. Hojas de menta, zapallitos agrios. Nada les parecía suficiente y distinto.

Hual se despertó ya entrada la tarde. Le costaba infinitamente volver a la vida después de sus siestas con narcóticos. No estaba pintado, y las bandas le colgaban con flojedad. Antes de salir se puso una visera de hojas en la frente. Apenas entreabría los párpados. La luz, que tan necesaria le era para evitar el miedo, lo hería.

Caminó en dirección al agua y se entretuvo aspirando el aire húmedo que se iba llenando con olor de carne asada y condimentos. Era lo más indicado para terminar de despertarlo. Sus cortesanos estaban con hambre. Bebieron aperitivos y comieron aceitunas silvestres hasta que los pichones se vieron dorados. Esos almuerzos tardíos excitaban terriblemente el estómago.

A pedido del príncipe, su músico favorito comenzó a tocar un arpa de tres cuerdas no templadas, acompañado por una niña de tres años con cascabeles. A veces pulsaba las cuerdas con los dedos, a veces las frotaba o golpeaba con palitos, y el toc-toc estremecía a Hual, lo ponía soñador. Fue el que menos comió: un mordisco a una pechuga, unas albahacas. Pero en cambio vació vaso tras vaso de aguardiente. A una de sus esposas que se lo reprochó le dijo que comería más a la noche.

—Aunque te parezca increíble —agregó—, todavía tengo sueño, y es eso lo que me impide comer.

—Ya nada me parece increíble —dijo ella.

Trajeron la fruta. Tomó un sorbo de jugo, entre bostezos. Pero dijo que no quería dormirse, de otro modo pasaría la noche en vela.

—Entonces —le dijo una esposa— vamos a caminar. Deberías ver el paisaje.

—Muy cierto.

Se quitó la visera porque el blanco amainaba. Anunció que daría un paseo a pie por la playa. Lo acompañaron algunas mujeres y un enjambre de niños que corrían al borde del agua salpicándose y tirando piedras a la laguna. Hual los veía felices, y se sintió un protector de la infancia.

Un niño encontró un caracol de forma curiosa y se lo llevó al príncipe, que lo examinó con la mayor atención.

—Es curioso. ¿Me lo das? Gracias. Voy a usarlo como vaso.

El niño abría los ojos con estupor.

—¡Pero si no tiene fondo!

Era una especie de cilindro irregularmente torneado.

–Es cierto –dijo Hual–, no me había dado cuenta. En ese caso, quizás sirva para hacer un silbato.

Los pequeños lo rodeaban y bebían sus palabras. Todo lo que encontraban se lo llevaban pidiéndole explicaciones. Llegaron hasta un promontorio que interrumpía la playa. Hual no quiso ir más allá. Los niños treparon y se arrojaron al agua en medio de un griterío fenomenal. Volvieron caminando sin apuro. El día era raro, se oscurecía sin razón, como si las nubes, sin moverse, cambiaran de consistencia. No había pájaros. Los sonidos que venían de más allá del agua eran fantasmales.

La compañía se dispersaba otra vez, pero ahora no se fueron lejos. Andaban por el follaje, o abajo en la playa. El príncipe pidió que hicieran más música. "La necesito –decía– para recuperar el sentido de la asimetría de mi vida." ¡Cómo se cansaba de dar unos pasos nada más! Desde mañana sin falta empezaría a hacer ejercicio. ¿Pero cuál? La equitación le parecía torpe, la caza con arco lo aburría. Nadar, quizás. En su adolescencia había sido un gran nadador.

Sentóse en la hierba mirando la laguna. La superficie del agua parecía tensa por un misterio, algo oculto que le producía una deliciosa aprensión.

"Así es –pensaba–, muchas cosas se ocultan bajo el agua, las formas sublimes de la belleza, que ni siquiera puedo imaginarme. Y lo peor es que ahora, ahora mismo, se hacen y deshacen. Todo es irrecuperable. Pero siempre la belleza se disuelve antes de verla."

Se le ocurrió que quizás no hubiera nada bajo el agua.

"Pero en ese caso el agua misma es la suprema elegancia. Es un galeón hundido."

Volvió la vista a las mujeres y guerreros que se encontraban cerca. Los más dormían, otros fumaban o bebían o se recostaban mirando las nubes, o jugaban a los dados o conversaban a media voz.

Su atención se detuvo en una jovencita blanca, la más reciente de sus medio-esposas. Hacía unas pocas semanas que se encontraba con él. Le daba de mamar a una niñita desnuda de dos o tres meses. No era de tipo europeo. Poco se distinguía de las indias entre las que se hallaba sentada. No recordaba quién le había dicho que era blanca. Unos fragmentos de su historia habían alcanzado sus reales oídos.

Dodi, un poderoso cacique del sur, se había encaprichado con ella y la compró a los que la habían cautivado en un fuerte ignoto. Para disipar su melancolía había revuelto cielo y tierra hasta encontrar al hijo, del que la habían separado. Y sin embargo el matrimonio se deshizo casi de inmediato. Quizás Dodi dejó de amarla cuando ella dejó de estar triste. ¿Se habrían separado en buenos términos? Apareció en su corte poco tiempo atrás, y no le hicieron preguntas. Hual la encontraba hermosa: frágil, pequeña, de manos livianas.

Estaba absorta en la mamada, tanto como su hija. A su lado una joven como ella alimentaba con la misma concentración a una niña recién nacida... Hual se sintió desconcertado. Las dos madres se parecían tanto que no supo si las había confundido.

La luz declinaba. Los días todavía no eran muy largos, pero los salvajes actuaban como si lo fueran. Los que salían de la siesta fueron a bañarse. Caminando se abrían paso en la onda blanca e inmóvil. En eso se largó a lloviznar. El príncipe buscó refugio bajo una toldilla de papel encerado y se hizo servir bebidas y cigarros. No pensaba en nada. Miraba a los bañistas, algunos nadando muy lejos de la orilla. Sentía ciertas ansias indefinidas. Un deseo misterioso.

De pronto los oyó gritar y nadar a todos hacia un punto donde el agua se agitaba. Al parecer habían encontrado un pez y trataban de atraparlo. Hual pensó en una tortuga gigante. Era a unos cien metros de la orilla, pero no profundo; el agua les daba en el pecho. Fuera lo que fuera, la presa debía de ser muy grande y ágil. Todo el mundo gritaba y saltaba salpicando.

Al fin lo izaron a la superficie y pudo verlo: un pez del tamaño de un hombre, enorme cilindro sin aletas, de unos dos metros de largo, blanco, o rosado apenas. Cuando lo abrazaban, parecían los cuerpos cobrizos aferrados al de una mujer blanquísima. Con grandes dificultades comenzaron a transportarlo hacia la orilla. A cada sacudida los sumergía o se les resbalaba. Con todo, pudieron sacarlo y tirarlo en la arena, lejos del agua.

Pese a la llovizna, Hual salió del toldo con la copa en la mano y se acercó. El pez moría, con los ojos abiertos. La piel, de un brillo y suavidad incomparables. Los niños se inclinaban a tocarlo. Todos estaban apenados por la muerte de un ser tan hermoso. Hual se sentía filosófico.

—La vida —dijo— es un fenómeno primitivo, destinado a la más completa desaparición. Pero la extinción no es ni será súbita. Si lo fuera, no estaríamos aquí. El destino es la fuerza estética de lo incompleto y abierto. Luego, se retrae al cielo. El destino es un gran retirado. Nada tiene que ver con esta captación angustiosa del cuerpo humano, menos visual que kinestésica, en todo caso menos real que imaginaria. El destino se limita a la flor, pero la flor no tiene peso, nosotros queremos el melón. La flor de melón es una orquidita de color bistre. Las mismas plantas de melón se disponen en el suelo en un desorden que no evoca en modo alguno la vida. Lo que nos interesa es lo que tiene solidez, lo elástico, lo que ocupa lugar, ¡no las conversaciones!

Una pausa.

—Este animal, ¿no es una aparición? Me hace pensar en la intrascendencia de la vida, que es excesiva, está sobrecargada de elementos y se ve expuesta consiguientemente a la irrisión. El pensamiento no está recargado. Todo es cuestión de período, de momentos de espera, y la vida humana con todo su teatro no es más que una parte del momento.

Sus hombres lo escuchaban con reverente silencio.

—Y este momento, hijo de la melancolía, ¿qué es sino un retrato de los seres humanos? Todo es raro, todo es imposible. Por ejemplo, que estemos reunidos mirando un pescado. Nuestras facultades se hallan dispersas por el mundo, vagan en busca de la belleza, el pez en cambio se ha olvidado de la evolución.

En ese momento, como si se hubiera propuesto desmentirlo, se sacudió y escupió un buche de agua nacarada, tras lo cual quedó inmóvil. Hual prosiguió:

—Un acontecimiento siempre es una pintura invertida de lo que no sucede. Por lo cual no debe hablarse de la existencia como de una categoría homogénea. Yo diría que todas las cosas pertenecen a dos clases, y sólo dos: las escenas y los seres humanos. Por suerte no debemos escoger. ¿Cómo íbamos a hacerlo? Yo a veces tiendo hacia las escenas, por ejemplo después de un almuerzo abundante. En cambio, cuando considero la belleza de un momento, siento llegar el momento terrible de las personas.

Su copa se había llenado de gotas de lluvia. Mientras hablaba habían abierto un paraguas encima de él. El pez estaba muerto, en su esplendor blanco-rosa. Percibían la tristeza del príncipe. Sus balbuceos tenían un tono deprimente. Cuando se llevó la copa a los labios encontró aguado el licor y lo tiró. Ya volvía al toldo cuando tuvo una inspiración: se lo llevaría de regalo a Islaí ahora mismo y lo comerían en la cena.

La oportunidad era inmejorable, aunque se salía del protocolo. Pero allí no tenía importancia. Islaí era un medio hermano suyo, cacique y capitanejo de ciertas tribus del oeste. Hual se enteró de su presencia al llegar y lamentó que la etiqueta prohibiera adelantar las visitas, pues era el único miembro de su familia que le gustaba. Ahora la aparición de un presente tan fabuloso le daba una buena excusa para quebrar los hábitos y sorprenderlo.

Le habían dicho que acampaba no muy lejos, del mismo lado de la isla. Pronto oscurecería. Dio la orden de partir no bien el pez estuvo acomodado en un carro que armaron allí mismo con dos caballitos por tiro. Fueron todos, bajo la lluvia, en medio de la penumbra y gritos de pájaros irritados. Se empaparon porque soplaban brisas distintas que revolvían el agua. Los más pintados vieron con pena cómo las rayas eran lavadas.

El animal desprendía una tenue fosforescencia rosa. Inerte en su lecho de hojas, era un objeto bastante siniestro. Preferían no mirarlo.

Alguien vio los fuegos del campamento y les avisó. Al mismo tiempo sonaba un silbato: los otros los reconocían. Islaí en persona se adelantó a dar la bienvenida, con pajes y sombrillas y linternas de papel. Hual echó pie a tierra y se abrazaron aparatosamente.

—¡No pude evitar la tentación de venir a charlar un rato!

—¡Me abochorna! Debí haber sido yo el primero, mi queridísimo Hual.

—¿Qué tal? —dijo el visitante.

—¿Qué tal? —le respondió el anfitrión.

Se dirigieron a los entoldados, la comitiva atrás. La gente de Islaí estaba iluminada por el amarillo oscuro del fuego, cuyos resplandores traspasaban los techos y encendían las gotas que se pulverizaban. No bien estuvieron a cubierto cerraron las sombrillas y se quitaron las capas de corteza con maniobras bruscas. Los otros encendían más fuego y redimensionaban la cena con las provisiones que traían de regalo. Confraternizaron pronto. Venían con sed, y corrió la bebida.

Hual paladeó la de su vaso sin poder reconocerla. Sidra de lotos. Cuando lo supo cambió de copa, las bebidas de flores le daban miedo, por creer que desvirtuaban la virilidad. Pero de pronto se llevó la mano a la frente, chasqueó los dedos.

—¡Me olvidaba! Te traje un regalo.

Mandó a dos guerreros a traerlo. Ahora Islaí parecía positivamente escandalizado.

—¡No debiste molestarte! ¡Me correspondía a mí!

—No es nada, una pequeñez, una tontería, algo que encontramos por ahí, y ya que veníamos... —dijo Hual sonriendo con malicia y anticipación.

Su pariente, igual que toda la corte, quedó sin habla cuando los hombres vinieron con el cadáver rosa y terso en los brazos. Y el mismo Hual, cuando despegó la mirada de sus rostros absortos, sintió el trance como propio. Los portadores entraban en el espacio iluminado por las linternas y el pez contrastaba de otro modo, la superficie mate contra el fulgor engrasado de ellos. Parte del efecto lo producía la torpeza: un cilindro irregular de aquel tamaño y peso y flexibilidad no es fácil de sostener caminando.

Al romperse el encanto de silencio, todos prorrumpieron en exclamaciones y comentarios.

—¡Es una lisa! —sostenía con autoridad un pescador.

—¡Es una reina-manatí! —decía otro.

Inconscientemente le buscaban nombres femeninos, tanto parecía una mujer blanca a primera vista. Y lo primero que dijo Islaí fue:

—Creí que me traían una cautiva muerta.

—No dudo que te habría complacido más.

—¡Qué va! Cautivas me han regalado cientos, pero esto...

No acertaba con las palabras. Mandó que lo limpiaran y asaran. Antes, que dos de sus matarifes más hábiles le sacaran la piel, cosa que hicieron en dos minutos a la vista de todos. Fascinaba ver sus manipulaciones. Cuando se la alcanzaron, resultó ser una seda muy pesada y blanda, del rosa más exquisito. No pudo dejar de ver la expresión de envidia y pesadumbre que se pintaba en el rostro de

Hual, y en un impulso de generosidad le ofreció la mitad. Sin echarse atrás por las tibias protestas del otro, la hizo cortar allí mismo por el medio.

—La acepto —dijo Hual—. Voy a hacerme un chaleco.

—Y yo un juego de cinturones.

Tan excitados se hallaban que bebieron como las focas, y todo el mundo los imitó. Estirado en un asador giratorio, el animal no tardó en cocinarse. A los caciques les sirvieron primero. Era carne delicada, pero insípida, no obstante lo cual Islaí pronunció todos los elogios que le vinieron a la lengua y ponía los ojos en blanco al masticar. Después comieron caracoles.

Islaí era gran aficionado a la música (y compositor). No se desplazaba a ningún lado sin una orquesta completa de triángulos, campanas, palillos, arpas y toda clase de instrumentos, algunos diseñados o perfeccionados por él mismo. Tenía por ejemplo trompetas de dos metros de largo, que producían un agudo indescriptible. Pero se rodeaba de música discreta, imperceptible. Durante la cena tocaron todo el tiempo pero no se oía por la conversación, y aun cuando todos estaban callados, el murmullo de la lluvia bastaba para ocultar el concierto.

Ema pasó dos años entre los indios, dos años de vagabundeos o inmovilidad, entre las cortes, a veces a merced de los caprichos de algún reyezuelo, otras apartada en las pequeñas compañías que formaba la juventud, intocables por su ambigüedad de soberanía, viajando siempre. Fue quizás el momento decisivo de su aprendizaje adolescente. Aprendió el detalle más característico del mundo indígena, que era el contacto indisoluble y perenne de etiqueta y licencia. Etiqueta del tiempo, licencia de la eternidad. Visión y reposo. El sonido soñoliento del agua. Para eso vivían.

Reyes y súbditos se producían éxtasis mutuos, con sus presencias tan fatuas y el estupor que las acompañaba. Todo era profano, pero lo cotidiano parecía alejarse por su gravedad. Todo lo sacrificaban por el privilegio de mantener intocadas las vidas. Despreciaban el trabajo porque podía conducir a un resultado. Su política era una colección de imágenes. Se sabían humanos, pero extrañamente. El individuo nunca era humano: el arte se lo impedía.

Sus pasatiempos eran el tabaco, la bebida y la pintura. En verano maduraba el fruto del urucú, con el que se pintaban. Eran dibujos inestables: una noche de exposición al rocío, o el roce de un coito bastaban para borrarlos.

Las lenguas que hablaban eran distintas pero semejantes. Se viajaba tanto que los idiomas estaban confundidos. Al parecer, había una lengua dominante para la diplomacia y el comercio imperial. Pero nadie estaba seguro de cuál era esa lengua. Pincén, el más poderoso de los caciques del momento, hablaba, según la leyenda, el "esperanto pasivo" de los mendigos.

En cuanto al escenario de la travesía, era el bosque del Pillahuinco, que en aquel entonces se extendía miles de leguas hacia el oeste, cobijando toda la familia de culturas salvajes. Las tolderías estaban dispuestas en los claros, o pampas, vacíos, observatorios de astros. A veces la compañía con la que viajaba Ema salía a llanos sin un árbol. Los indios que vivían en ellos eran distintos, más dementes. De estas tribus, la más notable que visitó fue la del cacique Osorito, en la landa de Cuchillo-Có.

Con Hual no estuvo más que una fugaz primavera, gran parte de la cual la pasaron en la isla de Carhué. Fue un período tranquilo y festivo. Hual vivía renovando su poder a cada momento. El urucú que brotaba de sus tierras como cizaña, en las variedades más apreciadas, el lacre-negro, escarlata, le daba pingües ganancias. Llevaba una vida social muy intensa: Ema pudo conocer a todos los caciques de la esfera de Hual, todos los cuales le pagaban impuestos a uno u otro de los tributarios o sátrapas de Catriel.

Aunque no se distinguía en nada de las indias, en la piel oscura y los rasgos mongoloides, su historia la clasificaba como blanca, y más aún, cautiva, título romántico que inflamaba la imaginación de los salvajes. Aunque los caciques tenían una indiferencia perfecta: cientos de cautivas pasaban por sus manos anualmente y sólo una perpleja invención podía turbarlos. Con todo, la indiferencia tenía un encanto, vago pero apreciable.

Todo aquel verano, tras despedirse de Hual, lo pasó viajando con una banda de jóvenes, de los que no veían nada importante en el tiempo. Parecían vivir sólo para demostrar que no existían momentos fijos. La naturaleza para ellos cerraba sus valvas y mostraba un solo borde continuo, cerrado y terso, al que llamaban "el borde de gala".

A veces daban con un sitio especialmente curioso y pasaban semanas en él, cazando en las proximidades o pescando o recogiendo hongos. Practicaban la pesca con timbó y cazaban pájaros con humo paralizante, que dispersaban flechando globos de papel. Ema comenzó y abandonó una colección de mariposas. Cambió las cajas por un caballito dorado que llamó Anís. Mandó hacer una silla con dos laterales donde podían viajar Francisco y la niña.

Andaban en caballos o carros livianos, rara vez más rápido que un hombre a pie. Ema se maravillaba. Los territorios que recorrían eran inmensos, y el paso que llevaban parecía desproporcionadamente lento. Y aun así llegaban siempre a todas partes. Dedujo que en realidad las distancias son fenómenos reducibles a la inmediatez, y el movimiento humano una transformación.

No bien entraban a una aldea investigaban sus jerarquías y en consecuencia hacían las visitas del protocolo. Se los recibía con agrado –con negligencia en el peor de los casos–. A la hora de la partida algunos se quedaban, si les gustaba el ambiente, o por el contrario algún miembro de la tribu se desgarraba para acompañarlos.

Salvo excepciones, eran tributarios o subtributarios de Catriel, unos más ricos o prominentes que otros, unos rodeados de instalaciones y fantasías, otros desnudos. Pero siempre era lo mismo: ocio, rivalidad con el mundo. Solían contarse historias de los reyes occidentales. Alguno afirmaba haber llegado una vez a una corte, otro dijo que había visto, en algún lugar, la escolta de Cafulcurá. Esos nombres legendarios los ponían soñadores. Ema había concebido el deseo de visitar la morada de algún rey, y le dijeron que no era imposible. Muchos lo deseaban, tanto que hicieron planes para un viaje al asentamiento de Catriel. Tendrían que marchar en línea recta al oeste, en una jornada de meses. Los caciques que visitaron por ese entonces alentaron el proyecto. Al parecer Catriel pasaba por unos años de detente. Con la corte "congelada", no tendrían problemas de introducción. Incluso los recomendaron a ciertos funcionarios y damas, quizás producto de su fantasía.

Un amanecer de principios de otoño se pusieron en marcha, por un corredor de llanuras hundidas, entre limbos lejanos del bosque.

No iban rápido porque todo los hacía detenerse. Un día, de cada tres, como norma, lo pasaban descansando y se proveían de víveres. Pero avanzaban. La prueba era que los lugares que atravesaban se volvían más desconocidos y curiosos. Atraparon y probaron aves de sabor nuevo para ellos, por ejemplo unas monteras que ocultaban en el abdomen un rollo de huevos. A veces les salía al paso algún ser extraño a mirarlos con curiosidad. Todos los animales terrestres que vieron tenían colas fenomenales.

No siguieron la ruta regular de los correos, pues no querían demorarse en las poblaciones intermedias, pese a lo cual encontraron varias. Una noche viajaban a la luz de la luna (habían dormido toda la tarde) y pasaron por una aldea dormida. Los caballos no hacían el menor ruido al atravesar las calles muertas. No despertaron a nadie. Nunca supieron quiénes vivirían allí.

Al bajar hacia el sur volvieron a tomar contacto con la corriente del Pillahuinco, del que se habían apartado un mes atrás. Probaron el agua, y la encontraron más amarga, quizás por los nódulos de manganeso que surgían del suelo como cigarros gigantes. Pasaron unos días acampados en una playa donde apenas oían de vez en cuando el canto de un pájaro o el grito de un zorro. Todo era familiar y al mismo tiempo extraño. La desenvoltura de los indios se volvía un sentimiento trémulo, indefinido. Por simple adivinación, suponían que no debían estar lejos de la aldea madre. Quizás a unos días de marcha. La estación avanzaba con firmeza. Los lagartos se retiraban a la tierra a invernar.

Un día se les apareció en el camino un tapir, grande como un rinoceronte, cubierto de cerdas terrosas estriadas de gris, y dos colmillos largos como el brazo de un hombre. Tenía las patas envueltas en barro, igual que la cola y la mandíbula. Fue hasta el medio del camino y se plantó mirándolos con fijeza de insecto. Soltó un ronquido. Le tiraron una piedra y salió corriendo tan aturdido que se estrelló contra un árbol.

Pero esperaban ver seres menos inofensivos. Sobresalientes en el arte de la crianza, los guardabosques de Catriel tenían sembrado su territorio con las especies más raras y bellas de faisanes –y a veces las más feroces–. Estarían cerca de la capital cuando vieran los primeros. No ya las vulgares charatas de larga cola verde y voz chillona, o los urúes amarillos, sino los auténticos faisanes de plumaje polícromo y giba.

Y así fue. A partir de un día empezaron a verlos. El primero fue un tenebroso (Ema nunca había visto uno), con la cresta en abanico y la cola desproporcionada, negro como el humo. Apareció en la picada y se inmovilizó. Los caballos temblaban, se negaban a dar un paso más. El pico del ave estaba entreabierto, las alas tiritaban. En determinado momento movió la cabeza como si negara.

La presencia de los faisanes imponía un tipo peculiar de elegancia. La figura alargada y pegada a la tierra, el equilibrio oscilante de la cola, la cabecita comprimida. Y sobre todo los gritos, que no tienen igual en la selva. El grito del faisán es el reverso de cualquier música. Un sonido compacto que en su primer esfuerzo, y quizás antes del esfuerzo, simplemente al salir al mundo, llega al máximo de intensidad. Al oírlo, no se puede pensar sino en la solidez del oro. Uno se pregunta cómo es posible que el faisán permanezca a flote sobre la superficie frágil de la hierba, y no se hunda en el planeta como una piedra en el agua.

Más adelante les salió al paso un faisán-shogún, rojo y azul. Igual que el anterior se colocó en el medio del camino y les dirigió una mirada que nunca había sido velada por un párpado.

Después fue el turno de un gran faisán gris, de los llamados "pavos agustinianos", y a su lado un diminuto faisán-loro, que parecía hacer de lazarillo.

El día transcurrió entre apariciones. Antes del anochecer tuvieron la fortuna de ver ante ellos de improviso un faisán dorado. Las líneas de sol que filtraban entre los árboles lo hacían brillar. Durante los segundos que duró la mirada tuvieron la sensación del oscurecimiento del aire, la llegada de la noche. Podría haber sido una estatua: la alegoría de la riqueza.

A su alrededor todo se había callado. Sólo les llegaba el canto incierto y lejano del jilguero, y los truenos que por lo general acompañaban a la puesta de sol. Pensaron que si el dorado llegaba a gritar les destrozaría los tímpanos. Pero no lo hizo.

No quisieron seguir. Después de comer unas hojas y fumar, se durmieron. Al día siguiente el viaje fue interrumpido por faisanes quietos en el camino, y después por algo más extraordinario.

Salieron a un amplio claro que parecía vacío a primera vista, pero de inmediato subieron del suelo los colores de los faisanes, dispersos en la hierba. Una bandada entera. El macho dominante y los regentes, hembras y pollos, todos calcados sobre el mismo molde: rojos, amarillos y celestes, delgados como galgos, pecho abultado y cuello frágil, moños cartilaginosos de azul-negro brillante. Miraban a los intrusos sin verlos.

Tal como lo tenían previsto, al día siguiente llegaron al sitio donde el poderoso Catriel asentaba su corte a partir del otoño.

Era un terreno bajo, por el fondo pasaba el Pillahuinco cruzado de puentes, cada embarcadero con un racimo de barcas, con playas redondas de ambos lados o barrancas cubiertas con casillas de baño. La visión que tenían los viajeros era aérea, cautivante por el desorden abigarrado y multicolor. Un sector de dos leguas más o menos a lo largo del arroyo estaba íntegramente cubierto de mansiones, tan grandes y hermosas como Ema nunca había visto otras. El aire de la mañana estremecía la tela de los muros, y toda la ciudad parecía un lago ondulante de colores: el morado real, celestes, oros y, sobre todo, el naranja apagado que era el color emblemático de los indios. Aquí y allá, en deliberado contraste con la seda y el papel, torres chullpas de piedra blanca, en el centro de plazoletas de grava.

Ni siquiera los bellos faisanes los habían preparado para este despliegue escenográfico. Recorrieron durante una hora el borde de la chapada sin apartar los ojos de la ciudad allá abajo, hasta dar con uno de los caminos que bajaban. No bien entraron por él perdieron de vista la capital, hundidos en la fronda. Había tiendas o pequeños refugios improvisados entre las plantas, que debían de ser casas de descanso de los funcionarios.

Bajaron despacio, y recién al mediodía llegaban a los suburbios. Todo lo miraban con fatal asombro de provincianos, todo les interesaba. Una verdadera muchedumbre se desplazaba por las veredas, gentes de distintas razas y aspectos. Un profesor de equitación pasó al frente de una decena de niños en mulas blancas. Una amazona baja y robusta iba montada en una cabra rasurada. Dos mujeres pintadas de Reinas de la Noche: azul con estrellas blancas. Un ciego pintado de negro. Melancólicos hombres rumbo al arroyo con cañas de pescar al hombro. Carros de bambú y madera laqueada, en los que se adivinaban ricas figuras, conducidos por criados con cascos de oro y plumas, que se abrían paso con varas de cascabeles. Los niños andaban sobre zancos, o se hamacaban. Entraron en una de las avenidas que conducían al centro. Las tiendas, de dimensiones majestuosas, estaban muy espaciadas. Muchas tenían la entrada al fondo de un atrio en el que se apostaban guardianes y perros.

Casi nadie percibía que eran extranjeros, y aun así no llamaban la atención. La ciudad era invadida diariamente por las embajadas que los cientos de tributarios de Catriel estaban enviando siempre sin motivo alguno. Le presentaron sus respetos a un oficial de protocolo, que los dirigió amablemente a un abrigo intrincado sobre la ribera, donde la vegetación ocultaba las construcciones, y nada les habría dicho que estaban en medio de una ciudad si no vieran aparecer sobre las copas de los árboles los techos en punta o las bóvedas corredizas de los palacios. Almorzaron, nadaron, o salieron a caminar por la costa mirando los barcos con pescadores, charlando con los bañistas. En lo hondo de sombrías depresiones, entre muros de musgo español y enredaderas blancas que nunca tocaban el sol, se alzaban tiendas pequeñas, secretas, de las que salía un individuo lento, o niños muy veloces. Los alrededores del arroyo difundían calma. Por la tarde recibieron invitaciones, y la compañía se deshizo definitivamente. Algunos fueron a ver actores, otros se inscribieron en la famosa escuela de construcción, los más fueron a vivir con recientes amistades. Ema con sus dos hijos entró a la casa de un guerrero que se había prendado de ella con sólo verla, aunque tenía otras dos esposas; con él pasó una temporada breve y tranquila. Era un individuo de buen carácter, pueril. Su entretenimiento favorito era la caza con gases paralizantes, y estaba casi todo el tiempo afuera. Cuando volvía, cubierto de pinturas dramáticas, se pasaba el día jugando a los dados y bebiendo con sus camaradas. Una vez le dijo a Ema que uno de sus invitados, un funcionario de la corte, la quería llevar de concubina. Ella quería conocer la vida en el palacio y él la dejó elegir.

Al día siguiente vinieron a buscarla en un carro tirado por bueyes. La llevaron al palacio real, en una de cuyas alas externas vivía el cortesano, cuyo nombre (Ema nunca pudo explicarse por qué) era Evaristo Hugo.

Las dependencias y pabellones del palacio se extendían a lo largo del arroyo, y aun por encima de él y del otro lado; era absolutamente informe, y tenía algo de laberinto, porque una cantidad indefinida de personas de todas las jerarquías debían habitarlo todo el tiempo. El coche que la llevaba entró por un sendero lateral y al detenerse alguien abrió la portezuela; Ema y los niños habían viajado con los postigos cerrados. Estaban en un jardín de pendiente, bajo una veranda de tablas sin pulir y cortinas de papel blanco. El ministro en persona, su nuevo marido, salió a recibirla, y le mostró los cuartos que le había hecho preparar.

Eso fue todo. Con la calma absoluta de un "siempre" comenzaba su nueva vida. Durante los primeros días se preguntó por qué todo sería tan lento. Era la etiqueta lo que retardaba los momentos. La etiqueta los volvía perfectos, interponía obstáculos perfectos como nubes ante cada acción, aun la más inmediata. Pero a la vez los obstáculos precipitaban la acción, la hacían estallar en la realidad estática. La función de la etiqueta era darle a todo apariencia de imposible, y más aún, crear un fondo de imposible para cada pequeñez, para los detalles.

Ema compartía un pabellón con las otras ocho concubinas de Evaristo Hugo, y unos veinte niños. Las habitaciones cambiaban de forma según los días, avanzaban o retrocedían sobre el jardín cada vez que los criados movían las redes de cuerdas y caña sobre las que se tendían o destendían, como sábanas, las paredes de tela o papel. El jardín tenía un aire de miniatura que lo hacía único y muy admirado. Los que se paseaban en él se sentían gigantes: flores del tamaño de cabezas de alfiler, arbolitos, sendas en las que no cabía el pie.

Una observación atenta mostraba que el jardín en realidad estaba formado por dos taludes superpuestos. La distancia entre uno y otro producía la pequeñez. El rumor del agua formaba ecos entre las dos hierbas.

Todas las mañanas salían las mujeres, y bajaban al arroyo, donde pasaban la mayor parte del día. De la orilla sobresalían piedras rosadas que los niños usaban como plataformas para zambullirse. Asaban pollo y pescado, recogían fruta silvestre, llevaban una artificiosa vida pastoril. Solía acompañarlas el mismo Evaristo Hugo, u otros funcionarios. Salían en las barcas a navegar, o más bien flotar, al azar de la corriente, por los meandros sombríos del arroyo. En las piscinas laterales se criaban peces. En el barro de las isletas crecía un crisantemo cuya flor se abría directamente sobre la tierra. A veces el macareo traía actinias.

Cuando comenzó el frío, tuvo lugar un cambio de formas. Una fatiga inmensa se apoderaba de los hombres. Hubo una feria de tejidos a la que asistieron las damas de la corte a comprar gorros y mantas. Las esposas de Evaristo Hugo se hicieron traer esteras nuevas y confeccionaron cobertores rellenos de plumas. Hubo expediciones de herboristas que partieron con el mayor fasto, a renovar la farmacopea invernal. La sociedad se aprestaba a desaparecer por largos meses.

Antes de la fiesta con la que celebraban el inicio del invierno, el ministro llevó a toda su numerosa familia a pasar una semana en una de las islas, donde tenía su residencia de verano. El aire ya se había enfriado. Viajaron y llegaron bajo una capa espectacular de nubes. Las tardes grises y una turbulencia general hicieron melancólicos los primeros días. Evaristo Hugo apenas hacía otra cosa que dormir, o admirar con gesto hastiado los peces que atrapaban sus cocineros.

Una mañana al despertarse Ema sintió el perfume de la nieve. Aunque recién amanecía, la claridad era distinta y perfecta. El cielo que vislumbraba en la ventana era de un azul casi oscuro de tan limpio. Vio una silueta tras la cortina de papel.

–¿Quién está ahí? –preguntó adormecida.

Por toda respuesta se introdujo una mano y arrojó un puñado de nieve en la habitación, con una risa. Ema alzó la manta de prisa, pero una minúscula gota helada le había caído en la cara. Se levantó y cuando salió con las demás a la galería, las encontró mudas de admiración. La isla blanca, el aire helado, la blancura del sol no calentaba la tierra: aquella capa ya no se derretiría.

Todos los árboles de la isla, pinos azules y tilos, parecían globos de helado. El suelo, una superficie tan lisa que invitaba a dejar huellas. El canto de las chochas sonaba distinto, temeroso quizás.

–Es un espectáculo digno de ver. ¿Lo despertamos?

Al ministro no le agradaba levantarse temprano. Había dormido toda la tarde anterior, y toda la noche también. Valía la pena interrumpir sus melancólicas pesadillas. Se mostró encantado y triste a la vez, como siempre.

–¿Qué habrá sido de las hormigas? Abrigadas, en el fondo de la tierra. Y las polillas, ahora son larvas, en pañales de seda malva.

Sentóse bajo un parasol –le molestaba el reflejo–. Empezó a fumar. Se durmió sentado.

Los niños no esperaron a que les prepararan el desayuno, en su apuro por salir a jugar. Hicieron un certamen de muñecos. Lo despertaron para que decidiera cuál era el mejor, y se quejaron amargamente de cada uno de sus fallos. Después, una guerra de bolas de nieve, y gritaban tanto que Evaristo Hugo decidió volver de inmediato a la capital, de otro modo le destrozarían los nervios.

El grueso de la familia se embarcó en una nave con tres velas de esterilla. Él salió largo rato después, con Ema y otra joven, en una almadía con una sola vela cuadrada. Un marinero la conducía. Iban los tres sentados mirando las orillas. Todo era igual, un blanco sin límites.

–¡Qué material curioso es la nieve! –decía Evaristo Hugo–. No sabría cómo definirla. Creo que es una de las formas de lo sólido, pero en realidad es sólido lo que ella cubre: las piedras, los troncos. Es un estado y, sin embargo, tendremos que verla tanto tiempo...

Se hundió en sus pensamientos. A medida que se acercaban a la ciudad veían más niños remontando los barriletes blancos con que saludaban la primera nevada. Le dieron de fumar. El agua parecía negra en contraste con la tierra. A veces algún árbol se movía, sin causa visible, y dejaba caer una bola de nieve. Antes de partir se había hecho pintar un cuadrado rojo en el pecho. Pero suspiraba con melancolía. Ema le tomó la mano.

–Te preguntarás por qué estoy tan abatido –dijo él.

–No siempre hay motivo.

–Es cierto. Estoy cansado como un mendigo. Me pregunto cuándo terminará la vida.

La otra esposa se rió.

–Creí que los mendigos llevaban una existencia descansada.

–No es así –dijo sacudiendo la cabeza–, tienen que roer las piedras hasta llegar a la puerta y pedir un vaso de agua.

–¿Por qué aquí en la corte todos los mendigos tratan de excitar la compasión diciendo que son asmáticos? –le preguntó Ema.

–Quién sabe. Jamás he podido adivinarlo. (Encontraba de mal gusto dar pruebas del menor conocimiento.) Miren aquello.

En una cornisa de la barranca había una hilera de ratones negros muy destacados sobre la nieve, todos vueltos hacia el agua. El paso de la barca los asustó y abrieron sorpresivas alas y se elevaron. Las dos jóvenes soltaron una exclamación de asombro.

–Son murciélagos –dijo Evaristo Hugo.

Un hombre a caballo pasaba por la costa, conduciendo una tropa de un centenar de cabritas muy vivaces.

—Las cabras del rey —dijo Evaristo Hugo—. Las llevan a la montaña a pasar el invierno.

Un pájaro voló rozándoles la cabeza. El criado que llevaba el timón levantó una hoja de palmera y la movió para mantenerlo alejado.

—El primer aguzanieves —dijo Evaristo Hugo—. ¡Qué molestos son! ¿Cuándo los exterminarán de una vez?

Ema se rió de la pertinacia desdichada de su marido. Pasaba por una crisis de fatalismo. Se veía a los pies de la muerte, inútil, deshecho. La confundía. Decía que su inteligencia sólo servía para confundirlo. Proclamaba ante quien quisiera oírlo que no entendía nada de la administración pública, y que cumplía a ciegas sus funciones. Según él, era un milagro que aún no hubiera cometido un error fatal para la prosperidad del imperio. Tenía un puesto de mediana importancia: era secretario religioso.

—Pero después de todo —decía— ¿qué es la política? Su ciencia, el *laissez-faire*. Su técnica, la nariz de una reina.

O bien:

—Y sin embargo la política existe. Es esa mota de polvo en la que se asienta la roca de la eternidad.

Si alguien le preguntaba por su empleo:

—Trabajo de pintarme de rojo y comportarme con escepticismo.

Su lema: "Tengo un martillo poderoso, pero no puedo usarlo porque tiene el mango al rojo".

Cuando llegaron a la ciudad, se alzaban del horizonte nubes enormes que anunciaban la continuación de la nieve. Nevó esa noche y los días siguientes. Ema se entretuvo adentro, con unos mapas que Evaristo Hugo le había prometido durante el viaje y le regaló no bien llegaron. Cada uno de ellos, abierto, ocupaba casi todo el suelo de la pequeña salita donde se encerraba a estudiarlos. Plegados, cabían en un bolsillo. Eran de papel fino y arrugado. Estos mapas acompañaron durante largos años a Ema, aún mucho después de su partida de los reinos indígenas. La hacían soñar. Estaban pintados con tintas vegetales, aplicadas con tacos. Representaban el reino de Catriel, como el centro del mundo. El área de sus tributarios. La orla del bosque, y hasta la franja vacía que separaba Pringles de Azul. Los reinos occidentales, en cambio, apenas estaban esbozados. No había dos iguales, aunque muchos se ocupaban de la misma región.

Hermosas miniaturas reemplazaban las inscripciones ausentes: la capital con sus palacios y puentes, las aldeas en remotos claros, y hasta el fuerte de Pringles, y el caserío, donde Ema alcanzaba a reconocer el rancho donde había vivido.

Uno de los mapas, su favorito, estaba dedicado a la población y distribución de faisanes. Aparecían todas las razas, en dibujos meticulosos. Cuanto más grande el faisán, mayor número representaba.

Semanas más tarde, un paje con franjas blancas en la cara, adorno reservado a los servidores de la familia real, vino a traerle un mensaje. Riéndose, con rodeos innumerables le comunicó que una de las concubinas de Catriel había concebido el deseo de verla y le preguntaba si tendría la bondad de acudir a sus habitaciones a la mañana siguiente. Asintió, con indiferencia, aunque extrañada. Ni Catriel ni sus mujeres o hijos se mostraban nunca a la gente del común. El mismo Evaristo Hugo, aun cuando era funcionario de cierta jerarquía en los rituales, no se acercaba jamás al cacique y lo veía apenas una o dos veces al año, en momentos fijos. Pero entonces recordó algo que había oído contar una vez, la historia de una hermosa cautiva, llamada F. C. Argentina, introducida remotamente en el más improbable de los lugares, el serrallo real. Hasta ahora lo había tenido por una leyenda, pero bien podía ser cierto. En ese caso, ella habría sentido curiosidad por conocer a la joven esposa del ministro, al saber que también era blanca.

Al otro día fue conducida a un cuarto vacío, con sólo tres paredes, pues donde debería estar la cuarta se abría un jardín de nieve. Sobre ese fondo de luz blanca, discretamente recortada en sombra gris, a la derecha, estaba la reina en una estera con un niño durmiendo a su lado. Invitó a Ema a sentarse en la alfombra cuadrada que tenía junto a ella. Llevaba una falda de tejido rojo, y el pecho desnudo.

Ema esperó en silencio a que F. C. iniciara la conversación. Cuando lo hizo, con tímida perplejidad, hubo un rayo de mística de la mundanidad. Su invitada tembló y sonrió. Habían simpatizado. La serena convicción frívola de F. C. ocultaba todo lo que decía en una precisión idiomática que no era de este mundo. Para

Ema, fue como si hablara en latín. Oyéndola, creyó comprender por primera vez la melancolía, al comprender su vida. Los indios habían disuelto su infancia, habían caído sobre ella como el más hermoso de los espectáculos del cielo, habían sido ideas. Y ahora, después de tanto pensar, por delegación, en sus cabezas resplandecientes de plumas, tras los rostros bellamente pintados, supo que no eran artistas, sino el arte mismo, el fin último de la manía melancólica. La melancolía les enseñaba a caminar, y los llevaba muy lejos, al final de un camino. Y una vez allí, habían tenido el valor supremo de mirar de frente a la frivolidad, y la habían aspirado hasta el fondo de los pulmones.

Con el paso del tiempo, fue invadiéndola una urgencia, cuya futilidad no podía medir sino con los círculos del universo entero, por apoderarse del secreto del presente, por atravesar la unidad eterna de la vida y ver el velo fluctuante del sistema, porque en el mundo salvaje eran los sistemas los que tenían la inconsistencia del canto del colibrí, y los matices de su plumaje, mientras que sus manifestaciones eran inmutables como arquetipos. La realidad, la incongruencia perfecta, debía de llegar en algún momento a la humanidad. Le preguntó a Evaristo Hugo si era así.

Lo real, le dijo el ministro, era el Estado. Su prueba suprema consistía en delegar en los particulares su única facultad inalienable, la emisión de dinero. Cada ciudadano tenía derecho a la libertad, siempre que ésta fuera tan completa que excluyese al pensamiento.

—No vale la pena pensar —decía—, si no es por acción de los otros. El dinero es toda la telepatía que necesitamos.

Ema veía la precipitación soñadora de los indios, una prisa de invenciones que los clavaba en el mundo, en lo más oculto de los claros callados donde ejecutaban su arte financiero, que era una sombra: la sombra de lo humano proyectada sobre lo inhumano.

Todos imprimían dinero y nadie carecía de medios para hacerlo. Siempre había sido así, afirmaban, desde la prehistoria. Pero la prehistoria era otro simulacro. Después de todo, la economía era el cimiento de la única certeza del indio: la imposibilidad de la vida. "La vida es imposible" era el pensamiento en su forma más clara y definitiva, es decir un modelo, y siempre lo tenían presente. Durante toda la vida. Ya estuvieran procreando, mirando pasar una nube, comiendo un alón de pintada, nadando, esperando el sueño..., era lo único que sabían, y no contaban con nada más.

Con los billetes pagaban, pagaban sin cesar; no les importaba hacerlo, y quizás ni lo advertían. Dibujantes, representativos, copistas, calígrafos, la fantasía les dictaba números, y la premonición de la muerte. La melancolía, como una esfinge indiferente, profería números, cifras indeterminadas, que se hacían voluminosas en el cielo. La vida seguía siendo imposible, la estética prehistoria huía, como su educación. Los niños aprendían a manejar las planchas antes de aprender a fumar, los ancianos apoyaban la cabeza en un rollo entintado para exhalar su último aliento. Y aun así, era una actividad cuyo secreto se les escapaba. "El dinero es demasiado", decían, "y la vida demasiado poca."

La actividad secundaria era la genética y cuidado de los faisanes. Ema se sintió atraída por el mundo de los criadores, y no tardó en verlos a ellos también como sombras. Y las aves mismas, los lujosos faisanes que antes le parecían tan sólidos y compactos, ahora entendía que eran esquirlas de una prodigiosa fragmentación pasional, y sus colores señales de los pensamientos ausentes.

Por intermedio de Evaristo Hugo, obtuvo permiso de visitar los jardines de los magnates. Durante meses realizó excursiones a sus fantásticos bomarzos plumosos, pero los encontró demasiado elaborados, de un rococó sin auténtica extrañeza. Quería irse a vivir a uno de los grandes criaderos, los últimos santuarios del trabajo irreal, ocultos en lo más secreto del bosque, mucho más allá de sus paseos habituales.

Su esposo, que todo lo veía, comprendió la inquietud que había hecho de ella su presa, y que la partida era irremediable. Sin vacilar, no obstante la pena que le causaba, le dio las mejores recomendaciones para los faisanistas, y ella se marchó un día, a la zaga de una comitiva que volvía al criadero imperial después de haber descargado sobre las regias mesas su carga de pájaros cebados. La salida de la corte, que había llegado a parecerle un salto inmortal, ahora tuvo lugar con imperceptible facilidad. Todo se desvaneció simplemente, y a las pocas semanas se encontraba instalada en un ambiente distinto, aunque similar. En el criadero las distracciones se confundían unas con otras, hasta desaparecer. No le sorprendió constatar que allí tampoco existía el trabajo. Fue la última y definitiva lección que había de aprender. Después, todo se precipitó en el silencio. No había anábasis.

Se casó con uno de los ingenieros-zoólogos. Durante el verano y el otoño lo acompañó en sus tareas cotidianas y asistió a las sueltas que se hacían en el bosque. Fue una época amable, algo incierta. Dio a luz allí a su tercer vástago, otra niña, tan pequeña y bien formada que parecía una muñeca.

Pasó el tiempo. El mundo se llenaba de melancolía, de un humor profundo. La igualdad de los días, el azul mismo del cielo, que antes la había llenado de sueños, ahora expulsaba su mente más allá de su propia vida, a regiones vagas. Sentía la vacilación, ese sentimiento indígena.

Le comunicó a su marido la decisión de volver al fuerte del que había sido arrebatada años atrás. Revisaron juntos los mapas. Tendría que recorrer más de doscientas leguas de bosque, pero le parecía una excursión fluida, con todas las lentitudes de los ángeles. Le regaló dos faisanes y dos caballitos grises, uno de ellos con doble montura para que viajaran los niños mayores, mientras Ema llevaba a la pequeña cargada a la espalda. Partió un amanecer.

Pringles no había cambiado gran cosa. Otros cargamentos de convictos que renovaban la población desvanecida por malones y fugas, y oficiales aún impregnados del cuadrivio de las academias que venían a tomar el puesto de otros ascendidos o desaparecidos, no habían transformado sustancialmente la fisonomía de la aldea ni la rutina del fuerte. Espina, con su autocracia y sus maniobras, era el mismo de siempre, igual que los ranchos, destruidos y vueltos a levantar mil veces. Las tropillas de ponis blancos pastaban en las colinas, los niños abundaban como antes, los hombres perseveraban en la distracción y la nada.

La única novedad perceptible era la resolución de la comandancia, tomada seis meses atrás, de entregar tierras a los colonos que decidieran pedirlas. Si bien autorizado desde hacía años por el gobierno, Espina se decidió a dar este paso sólo cuando hubo creado las condiciones financieras que hicieran absolutamente impensable el trabajo. Algunos soldados pidieron el retiro, reclamaron tierras sobre las vegas del arroyo, y alzaron casas livianas y temblorosas que deshicieron las primeras lluvias. Apartados de la sociedad cotidiana, habían hecho estallar sus deseos sin nombre de calma y de inmovilidad.

Ema vivió sola al principio, con los tres pequeños y dos indias, en una casita abandonada en el extremo del pueblo. Luego aceptó la invitación de un oficial que había levantado una mansión sobre la ribera del Pillahuinco y vivía con un harén. Siguieron unos meses de descanso y reflexión. Su experiencia en tierras de indios la volvía misteriosa para los hombres, que no reconocían en esta oscura reina a la chinita vacilante de tres años atrás. Su imaginación había madurado tanto como su cuerpo. Volvió a tomar amantes, pero las excursiones sentimentales ahora no podían ser todo para ella.

Desde hacía tiempo, la transportaba una idea cuyos desenvolvimientos perseguía en cada aspecto del paisaje. Todo lo que encontraba era parte del nuevo dispositivo del pensamiento.

Quería fundar un criadero de faisanes en Pringles, con el que podría colmar las mesas de toda la población blanca del oriente, hasta Buenos Aires. La instalación hacía necesario un pensamiento gigante, más allá de su persona, porque sólo sería rentable un criadero en gran escala, como los que había visitado en su cautiverio. Para lo cual tendría que transformar una amplia zona de bosque y prados, y eso significaba varios años de trabajo, un poblamiento, renovar la vida cotidiana, y una ocupación ecológica.

Durante mucho tiempo su actividad no fue otra que recorrer un amplio círculo de aldeas indias, y no perdió ocasión de estudiar las perspectivas del negocio, o discutirlas con caciques. Compró aquí y allá algunos faisanes, y huevos, y mandó hacer incubadoras portátiles. Al fin consideró que había llegado el momento de pasar a la acción. Necesitaba tierras —ya tenía en vista el sitio adecuado— y un préstamo para comprar reproductores de todas las razas. Por intermedio del oficial con el que vivía, pidió una entrevista con Espina.

Al otro día, en una reunión de poco menos de una hora, todo quedó arreglado. Un sector de veinte mil hectáreas de bosques y praderas fue cedido a la joven, más un crédito convenientemente cuantioso. El comandante quedó en trance al verla: delgada y pequeña como un duende, con la cabellera negra engrasada, ojos de india, fijos en el suelo, y hermosas manos oscuras. Su idea, expuesta en un tono impasible, parecía demente. Pero estaba enterado de que había vivido en la corte de Catriel, y la suponía provista de buenos contactos. Si era así, cualquier negocio que emprendiera, por fallido que resultara, serviría a sus propósitos de extender el alcance del dinero que imprimía. Aún no había tenido mucho éxito en ese campo, y no quería dejar pasar la menor oportunidad de llegar con sus billetes a las grandes cortes. Y Ema quería comprar reproductores, lo que significaba traficar con los faisanistas, el circuito más opulento de la nación salvaje, y el de mayor movilidad.

Las condiciones del crédito no pudieron ser más liberales: interés del uno por ciento quinquenal, y la amortización se haría a cuatro siglos.

—Para ese entonces —dijo riéndose a carcajadas como si hubiera hecho una broma fantástica— ¡ninguno de los dos estaremos vivos!

No bien la joven se marchó, se puso a trabajar en el diseño de los billetes que haría imprimir para satisfacerla, y calculó el tiempo que tardarían las prensas en completar la suma. Habían acordado que iría entregándoselo a medida que fuera editado.

Con el primer anticipo, que recibió dos días después, le compró caballos al único traficante que había en el pueblo, un mestizo de rasgos diabólicos que vivía en una barraca junto con todos sus animales. La recibió con una sonrisa meliflua, y cuando supo su intención de adquirir dos docenas de bestias, le brillaron los ojos de codicia. De inmediato comenzó a proferir groseras recomendaciones destinadas a confundirla en su elección, y a las que Ema debió esforzarse por no oír. Fue un trabajo largo y enfadoso. Prefería los más pequeños, los típicos caballos indios de cabeza pequeña y grandes ancas redondas. Algunos parecían estatuillas de bronce, de tan brillantes y compactos. Algunos estaban demasiado gordos, como barriles con gruesas patas que terminaban en cascos blancos como nieve. Al notar su preferencia, el mestizo subió de improviso el precio de estos ejemplares.

Después compró, con sus respectivas yuntas de bueyes, varios carros de madera, hueso y caña, esmaltados con colores chillones.

Por último, decidió ocuparse del personal —o al menos una parte del personal— que trabajaría a sus órdenes. Los blancos estaban fuera de cuestión, de modo que buscaría entre los indios. Muchos jóvenes apreciarían el cambio. Fue una mañana bien temprano a la playa donde desayunaban, acompañada por una de sus niñeras.

—Allí está Bob Ignaze —le dijo a Ema no bien llegaron.

La luz del alba todavía no se asentaba. Miró las figuras que salían del agua y distinguió al famoso elegante, un Tarzán adolescente. No había pensado en él, pero no perdía nada con proponerle el empleo. Se acercaron a la rueda donde se encontraba y esperaron a que diera cuenta de un cubo de leche. Se alimentaban casi exclusivamente de leche y sangre de aves. Ema lo llevó aparte y le explicó de qué se trataba.

—¿Por qué yo? —preguntó Bob.

Ema se encogió de hombros.

—¿Por qué no?

El garzón entrecerraba los ojos, pensativo.

—¿Faisanes? —repitió como si no entendiera.

Le explicó someramente dónde estaría el criadero y le hizo un vago resumen de sus ideas sobre el modo de llevar a cabo la explotación. Se habían sentado en la hierba a fumar.

—Acepto. Encantado. Estaba esperando algo así.

Se levantó de un salto y tomó por el brazo a un jovencito que volvía del agua, empapado.

—Es mi primo Iván —le dijo a Ema—. ¿Vendrás con nosotros?

—Por supuesto —dijo Iván con voz soñolienta. Por lo visto creía que lo invitaban a un paseo.

Estaba más luminoso ya, y Ema pudo verlos con nitidez. Los dos tenían pintado el rostro de negro desde la frente hasta la base de la nariz. Era eso lo que les daba aspecto animal. Entre la gruesa capa de pintura negra y bajo párpados pesados como el musgo, brillaban los ojos pequeños y bizcos, crueles como los de un pájaro.

—¿Quién más? —dijo Bob mirando a su alrededor.

Señaló un círculo de indios e indias.

—Todos esos son de fiar —dijo.

Fue a hablar con ellos. Un instante después volvía con uno de brazos pintados. Le agradecía a Ema que se hubiera fijado en ellos. Ponían como única condición poder llevar consigo a sus amigas, a lo que no se opuso. En el resto de la mañana habló con unos veinte indios, todos jóvenes —algunos ni siquiera habían recibido el capuchón genital—. Iban con las novias o amigas, muchas de ellas con bebés, o esperándolos. Calculó en medio centenar el número de los primeros criadores.

El rendez vous fue propuesto para esa misma tarde a última hora, en la salida oeste del pueblo. Les dijo que pasaran por la barraca del caballista a recoger los animales. Como Bob no tenía nada que hacer, la acompañó al almacén a comprar material de construcción. Todo el tiempo fue revestido de indiferencia y desdén. Autónomos como son, los indios no conciben la idea de comprar nada en un almacén, cuando la naturaleza les da todo gratis. Esto a Ema le parecía un rasgo de moralidad, y estaba segura de que algún día alguien sacaría a relucir esta diferencia entre indios y blancos para presumir de la superioridad de los últimos. Los blancos se avenían a pagar por todo, y con esa actitud creaban un clima de gratuidad generalizada que era lo que hacía indios a los indios.

Dejó los carros cargados y fue a su alojamiento. Como tenía tiempo, lavó a los niños, los peinó, guardó sus pertenencias en un bolso y se despidió del oficial y sus esposas, a quienes invitó a visitarla alguna vez. "Si te va mal con los pájaros —le dijo él—, volvé con nosotros."

—Adiós.

El sol se ponía cuando salió del pueblo en un caballito gris plomo, sentada a la amazona. Detrás iban los carros. En uno de ellos los niños y las indias que los cuidaban, en otro las veinticinco jaulas con faisanes y cajas de metal llenas de huevos. Los faisanes, enjaulados desde el día anterior, estaban nerviosos. Chillaban sin motivo, algunos hasta se arrancaban las plumas de la furia. Ninguno había tocado la comida, y en cambio agotaron la provisión de agua. Ema hizo llenar los frascos invertidos de cada jaula, y aprovechó la ocasión para diluir en ella varias gotas de un calmante poderoso. A los pocos minutos los faisanes dormían o se recostaban con gesto estúpido. En el lugar convenido la esperaban los peones, con mujeres y apreciable cantidad de niños (ellos mismos, la mayoría, no eran otra cosa). Hicieron un corro alrededor de los faisanes, mirándolos con arrobamiento. Pintados para la ocasión, formaban un conjunto impresionante. Bob se adelantó, irreconocible bajo la pintura negra que lo cubría de pies a cabeza. Sobre los hombros, chorreaduras de distintos tonos de gris. El pelo resplandeciente de grasa y atado sobre la coronilla.

—En marcha —dijo Ema—. No hay tiempo que perder.

—¿Está muy lejos tu propiedad?

Señaló más allá de las estribaciones del bosque, donde los soñadores rayos del sol encendían la fronda.

—Unas pocas leguas. Pero al paso que van los carros, tendremos que viajar toda la noche.

Montaron, colocaron a los niños sobre los bultos, e iniciaron el trayecto. Aunque breve, les parecía sumamente importante, porque iban para quedarse. No llevaban muchas cosas, porque no las tenían. Quizás más de uno pensaba que la aventura del criadero no duraría mucho. Antes de que oscureciera se asomó la luna, sobre el canto tétrico del búho cornudo. Después las estrellas, tan grandes que les parecía que con sólo estirar la mano podrían tomarlas. Los niños se habían dormido, los mayores los imitaban. Las indias que iban en las ancas apoyaban la mejilla contra la espalda pintada del amigo y cerraban los ojos aspirando el olor misterioso del urucú. Los despiertos encendían cigarros y los fumaban abstraídos. A veces un caballo se aproximaba a otro y entonces una mano le tendía a otra una botella. La noche era cálida, sin la menor brisa, y los cantos de los insectos y de algunos pájaros sonaban con languidez irremediable.

Iban por el borde externo del bosque, a veces cerca de alguno de los afluentes, a veces entre islas de árboles de los que saltaba, al paso de la caravana, una nube de murciélagos que oscurecía la luna.

De pronto, ciertas señales transfiguradas por la oscuridad saltaban ante Ema como los conejos para hacerse reconocer, y supo que estaban en su campo. Se lo comentó a Bob, que cabeceaba a la par suya, y calcularon la hora. Por la posición de los astros, no podía ser mucho más de la medianoche.

—De noche —dijo Bob— se viaja más rápido.

Entraron por el bosque, hacia el arroyo, y al llegar a la ribera dijo Ema:

—Podemos dormir unas horas, hasta que amanezca. Con luz elegiremos el sitio para quedarnos.

Se apearon en el primer claro, un minúsculo círculo de árboles negros. Caballos y bueyes, una vez sueltos, se pusieron a mordisquear unas grandes acelgas silvestres, mientras los perros olfateaban nerviosos el suelo. Ema, rendida de cansancio, llevó su estera lejos de los fuegos que habían encendido y se recostó, mientras los jóvenes, muy despiertos, fumaban y bebían aguardiente, y parecían despreocupados —siempre se tomaban el mayor trabajo en parecer despreocupados, porque era más elegante—. Sonaban unas risas, murmullos, y las llamas hacían brillar sus pinturas. Ema se dejó arrastrar por el sueño, y al despertar se asomaba la primera luz en el cielo. A su alrededor todos dormían en las esteras, o caídos en la hierba. Se sentó y aspiró el aire húmedo, todavía penumbroso.

Fue a ver los faisanes: todavía no se despertaban, pero algunos se revolcaban con pesadillas.

Una de las indias se despertó y la miró como si no la reconociera. Tenía dos círculos tatuados en las mejillas, encantos de la mirada que se llamaban "omaruros". Ema no tenía los encantos, pero su mirada era tan neutral e indiferente como si los tuviera. Uno tras otro fueron despertándose, y lo primero que hicieron fue volver a prender los fuegos, para hacer café. El cielo se coloreaba, los pájaros seguían durmiendo. Daría trabajo poner de pie a los caballos y bueyes, que roncaban recostados en los túmulos de hierba. Los esporangios de los árboles habían estado trabajando como molinos toda la noche, y ahora el fuego crepitaba al estallar las cápsulas. Se cepillaron el pelo, hablaron de ir a darse un baño.

Después de varias tazas de café y un cigarrillo, Ema les pidió a los que parecían más despiertos que la acompañaran a buscar el sitio. Partieron al galope por la ribera. Con la luz del sol a sus espaldas, cruzaron claros y zonas arboladas, pastizales y pantanos. Ema prefería no alejarse mucho: convenía que el centro de operaciones estuviera próximo al pueblo. Propuso que vadearan el arroyo y volvieron por la otra orilla. A mitad de camino encontraron una extensa vega de unas doscientas hectáreas de terreno inclinado, sin accidentes, con muros del bosque en tres de los lados, y el cuarto una hermosa playa del Pillahuinco. El suelo cubierto de tréboles y violetas y pensamientos silvestres. Aquí y allá, algún jacarandá, un tilo.

Había aire y sol para los pollos, agua en abundancia, y la orientación era la indicada. Se apearon en la playa: la falta de huellas indicaba que no era un abrevadero habitual de jaguares o pecaríes. Tampoco vieron yacarés. Discutieron el emplazamiento de la casa. Algunos fueron a caballo a recorrer los alrededores. Muy cerca se abrían otros claros formando un archipiélago en medio de la selva. No encontrarían nada más adecuado, así que se quedarían aquí. Fueron a buscar los carros, que hicieron el camino lentamente, y después de vadear con dificultad el arroyo, llegaron al mediodía.

Tras un almuerzo rápido de gamitas asadas y colas de iguana, empezaron a trabajar en las construcciones, en silencio, con gestos aceitados. Usaron todo el material comprado. Recién al día siguiente quedó terminada la casa, como un molusco extraño que hubiera surgido de pronto en medio del claro. De unos seis metros de alto y forma irregular, cuatro ambientes separados por colgaduras. El papel tenía su coloración natural, ocre claro. Ventanas redondas cubiertas de mica. Preferían vivir al aire libre, y hasta que no llegara el invierno no se les ocurriría cobijarse al abrigo de sus muros temblorosos. Para entonces levantarían otras casas. Quizás las cavarían.

Al mismo tiempo se ocupaban de los corrales. Los faisanes, cuando son objeto de recría intensiva, necesitan mucho espacio para sus evoluciones. Se despertaron frenéticos. Ema había hecho colocar las jaulas en dirección al bosque de modo que no vieran personas. Y a cierta distancia, unos postes con molinitos de papel para que se entretuvieran.

Hacia el crepúsculo, cuando los gritos se hacían insoportables, los corrales estuvieron terminados. No eran más que mallas de cuerda tendidas de una estaca a otra. Volcaron las jaulas. Los faisanes estaban mareados, se caían y golpeaban con los picos en la tierra llena de brotes tiernos. Pusieron a los dos machos separados, cada uno con la mitad de las hembras. Los gemidos no cesaron, pero fueron calmándose.

Ema se sintió algo deprimida al mirar esa veintena de raquíticos faisanes, y los dos miserables reproductores. Eran amarillos, la especie de más ínfima calidad, apenas buena para los blancos, ya que los indios ni se molestaban en criarlos. Recién ahora veía lo ciclópeo del trabajo: llenar los bosques inmensos con faisanes ricos y raros, y hacer de ellos un medio de riqueza, tan seguro y convertible como el oro. Los jóvenes, después de echarles una mirada indiferente, se dirigían a la orilla del arroyo a darse el baño vespertino y jugar a los dados.

Pasaron ocupados los días siguientes levantando corrales y hasta un tinglado para trabajos que aún no sabían muy bien cuáles serían. Hicieron jaulones de cien metros de largo, alzados sobre pilotes, y faisaneras individuales con portales de yeso esculpido. Los rincones donde pastaría la futura población plumosa fueron minuciosamente reconocidos en las cacerías.

Ema envió a sus colaboradores más despiertos con embajadas a las tribus vecinas para establecer los datos preliminares. La pregunta que llevaban era siempre la misma: quién y dónde querría vender reproductores. Fue así como se enteró de que en menos de un mes tendría lugar en una aldea no demasiado apartada (cinco o seis días de marcha) una de las ferias anuales de los criadores. Como no podía dejar pasar la oportunidad, le envió un mensaje urgente a Espina para que se apresurara a enviarle cuanto dinero hubiera producido hasta el momento, sin esperar a disponer de la suma completa. Comenzó con los preparativos. La acompañarían sólo sus amigos más íntimos.

La respuesta del comandante a la perentoria demanda no se hizo esperar: se presentó al día siguiente en persona, lo cual era una excepción, pues nada era tan infrecuente como sus salidas del fuerte, y no había antecedentes de una visita personal. Su interés en este negocio se hacía notorio. Vino con un carro lleno de papel moneda.

Llegó al mediodía, cuando toda la compañía de criadores-niños se bañaba en el arroyo, y Ema dormía al sol en la playita. Fue a saludar al coronel y lo invitó a entrar en la casa. Espina le señaló con un gesto el carro.

—Ya veo —dijo riéndose Ema—. ¡Cuatro bueyes! ¿Tanto pesa?

En efecto, al carro estaban uncidas dos robustas yuntas blancas.

Entraron. El coronel se dejó caer en una de las esteras. Entraron niñas para darle de fumar. Ema sirvió dos vasos de vino. Le dijo cuándo y dónde se celebraría la feria, y que había decidido asistir.

Espina suspiró entrecerrando los ojos.

—¡Como si no supiera que está terminantemente prohibido! Pero supongo que no hay otro modo de hacerse de un plantel.

—No, no lo hay.

Fumó un momento en silencio.

—¿Y alcanzará con esto? —preguntó aludiendo a la carreta que estaba afuera.

Ema se limitó a responderle con una "sonrisa seria".

Desde el arroyo venían ecos de risas y zambullidas. Alguien vino a anunciar que el almuerzo estaba a punto. De modo que fueron a sentarse en la hierba, bajo unos tilos, lejos del resto. La colación consistía en becadas y truchas, y aguardiente de hierbas. Espina bebía como una esponja, comía como un tigre. El canto de un martín pescador lo interrumpió un instante, y debió despertar su nostalgia, pues empezó a contarle a Ema sus recuerdos de los primeros tiempos del fuerte.

—Cuando llegué —decía— aquí no había nada, nada en absoluto. El fuerte lo hicimos años después, en aquel entonces vivíamos bajo los árboles, cambiando de residencia todas las noches y sin poder satisfacernos. Además de la pobreza, teníamos que soportar el suplicio de la cortesía. Los indios nos despreciaban. Era preciso crear todo un sistema de lujo para apartarse de la nada. En ese sentido, hija mía, puede decirse que fui uno de los descubridores del *horror vacui*. La indiada, como ahora, se desarrollaba en esa peculiar insistencia de la vida, mientras nosotros nos moríamos de aburrimiento. A ellos los proveía la cadena de abastecedores cuyo contacto era Baigorria. Recibían cargamentos de bebida europea. Nosotros tomábamos agua.

Tuvo que suspirar, de sólo recordarlo.

—Ahí fue donde comprendí la importancia de montar un aparato financiero. Antes había creído que tal dispositivo no podía ser más que un sofisma, o un embaucamiento, uno de los tantos modos de complicarlo todo y volver humano el destino. Ahora comprendí que era una necesidad, la esencia animal del hombre.

Tomaba una actitud filosófica:

—La vida es un arte: el arte de mantener la vida. Todo lo demás es engaño. Pero la vida es el engaño supremo, la única mentira que puede alzarse contra el tiempo. Y yo soy la prueba viviente. Basta mirarme. Soy un viejo, podría ser el abuelo de todos ustedes, pero estoy protegido tras un muro altísimo de escándalos. ¿Quién podría ufanarse de tantos?

—¿Qué tienen que ver los escándalos? —dijo Ema.

—El escándalo es la superestructura del vicio. Y el vicio es la clave de la vida. La vida no tiene función. El vicio es una función desnuda, apartada de la vida. La vida sólo puede tener propósitos muertos. El vicio no tiene límites. El vicio equivale al saber. El vicio —agregó con un largo suspiro soñador— es inmediato, limitado, instantáneo, permanente. ¡Y hay tantos! Cuanto más vivo y más experiencia acumulo, menos comprendo cómo es posible que la mera vida de un individuo alcance para dar una idea del número de los vicios. Y sin embargo alcanza...

"¿Y cuál es el engranaje entre el vicio y el escándalo, entre la clave de la vida y su manifestación más importante? El dinero, el magno y fabuloso dinero, al que todo se refiere. Y además, el valor. El valor es un fluido impalpable, coloreado con todas las irisadas oscilaciones de la más extraña de las propiedades del hombre, la de imprimir.

"Pero me he apartado del tema. Le hablaba de nuestros primeros tiempos en Pringles. Fueron momentos raros, que parecieron eternos precisamente por su fugacidad. Mi obsesión era el dispositivo, y ya antes de la construcción del fuerte tuve una idea. Recordé lo que había pasado en el Canadá en los primeros tiempos de la colonia: el gobernador firmaba los naipes y los hacía circular como papel moneda. Lo imité. Por suerte los soldados habían traído muchas barajas y con ellas perduramos un año entero."

Soltó una carcajada y se palmeó los muslos con ruido.

–¡Sí, sí! ¡Buenos recuerdos! Era tal mi pasión innovadora, que fui más lejos. Incluí una pieza muy especial. El comodín. Podía tener cualquier valor que quisiera darle su dueño, sin límites... Creyeron que sería el caos, pero me las arreglé, con ayuda de la ambigüedad despótica. Creían que el dueño del comodín sería el dueño del mundo, y resultó un polluelo amenazado. Circularon. No sucedía nada. Era un tipo de dinero poco atractivo: nadie quería tenerlo más de un día en su poder. Impedía pensar. Era demasiado cómodo. Y ahora que los otros cuarenta valores se han desvanecido, los comodines siguen funcionando, aunque se han alejado muchísimo, por supuesto, ya han recorrido todo el reino indígena. ¿Por casualidad no habrá visto alguno allá?

Ema negó con la cabeza.

–Los indios en aquel entonces tenían buenas prensas. Les llegaban desde el norte, con Baigorria como intermediario. Saquearon mil veces a los pobrecitos expósitos. Nos vimos obligados a robar una máquina a un capitanejo de aquí cerca, un tal Lubo (después se mudó, quién sabe adónde. Sin imprenta se sentía emasculado). Hicimos una operación comando. Era una imprenta de las de tipo "mariposa", un plato para las planchas, otro para el papel, y un torno para a justarlos. Dos rodillos de corcho hacían de entintadores. El papel se corría con un enorme manubrio. Prehistórica, maltrecha, el estruendo que hacía al funcionar daba escalofríos, ja ja. Imitaba los estremecimientos de la máquina, riéndose. Luego suspiró.

—¡Pero qué emoción cuando salieron los primeros billetes! Me parece estar viendo aquella plancha, de un gris opaco, impresa de un solo lado, con cuarenta billetes que tuvimos que cortar con tijera porque no teníamos siquiera una guillotina. Uno de los momentos más importantes de mi vida, quizás el más grande de todos...

—Y volviéndose hacia Ema, agregó—: Quizás usted sienta lo mismo cuando vea salir de los cascarones a su primera facción de faisanuchos de raza, y los vea sacudirse y piar y canturrear...

Notó la sonrisa de la joven y cambió de tema:

—¡No sé para qué le cuento estas historias! Ahora todo es diferente, con la imprenta que he llegado a levantar hemos alcanzado un punto en el *que no hay modo difícil* de llegar a ser rico. ¿No es extraño?

Ema lo pensó. El coronel pensaba que ella nunca podría encontrarlo extraño. Ni eso ni nada. ¿Algo podía resultarle extraño a la cautiva, en medio de aquella humanidad edénica, de día o de noche? ¿Fumar, comer pichones, jugar a los dados?

Un indio con una vara descomunal de seis metros de largo y dos bolas de plumas en los extremos apareció en lo alto de una encina, por un óvalo de hojas. Al árbol entraban sin cesar pájaros y ardillas, pero todas las miradas se concentraron en el acróbata. Sonó un triángulo en el súbito silencio. Prolongaba un toque de inquietud. Era un indio de edad intermedia, a quien los espectadores, en razón de la altura, veían del tamaño de un muñeco, con la cabeza afeitada, los pies pintados con tiza y por único adorno una gruesa banda de pintura blanca en la cintura, como un ombliguero de algodón. Empuñaba la vara por el medio, con movimientos imperceptibles. Al fin, tras largos preparativos en los que no dejó de sonar el triángulo, se lanzó a caminar, aparentemente, sobre el aire –en realidad iba por una cuerda, invisible desde abajo–. Con pasos afeminados muy rápidos, llegó a un punto encima de las cabezas de la multitud que almorzaba afuera y se detuvo. Todos aplaudieron, y el equilibrista, del modo más sorprendente, reinició su marcha precipitada en un ángulo de noventa grados, arrancándole a la gente un murmullo de alarmada sorpresa. Se alejaba hacia la copa deformada de un pino y desapareció por el follaje de agujas en medio de los aplausos.

Después salieron niños. Se deslizaban por esas telarañas –debía de haber decenas de cuerdas entre los árboles, una red–, con gracia despreocupada, algunos tan pequeños que no se entendía cómo podían haber aprendido el exigente oficio. Nadie se cayó. Un accidente habría significado la muerte instantánea, ya que trabajaban a considerables alturas. Unos parecían ir mucho más alto que otros.

El arte de los equilibristas indios, el único que han desarrollado de todos los que componen el circo tradicional europeo, responde a la idea de los desniveles del bosque. El indio que recorre el Pillahuinco suele llegar a un linde en el que se abre una pendiente: todo se transforma en algo diferente, disminuido y panorámico: una de las experiencias que los han llevado a su concepción sobrehumana del mundo.

La condición sobrehumana es la mirada teatral, o pictórica, la mirada que abarca todo y hace del todo su paraguas. Por eso abundan tanto las sombrillas en la iconografía de los exploradores, no porque el débil sol de las pampas, tan igual en lo blanco de la luz como en lo blanco de la sombra, las haga necesarias. Y lo mismo las sombrillas-sombrero que dibujaba Darwin en la cabeza de los indios, que en sus toscas viñetas siempre están a punto de trepar a un caballo delgado y de rostro humano. La humanidad es en todos los casos la clave del trato con los salvajes: negar lo humano, verificarlo, ampliarlo, transportarlo a un mundo que no le corresponde, y que siempre es el mundo del arte. Los antropólogos suelen perderse en un laberinto tan transparente como las cuerdas de los volatineros. Las empapan en resina espejeante. El tejido intrincado sólo reflejaba las titilaciones de la atmósfera.

¿Qué suspendían en el aire? No siempre los salvajes apreciaban ese arte de caminar sobre cuerdas. Lo aceptaban con indiferencia. A veces un hombre gordísimo, como un luchador de sumo, pasaba aladamente entre risas. El mal gusto siempre estaba latente en sus improvisaciones. Todo lo que hacían, quizás, era una digresión del mal gusto.

La pequeña orquesta que seguía sus evoluciones parecía tener por función la de callarse –lo hacían a cada momento–. Siempre había una oportunidad de hacer silencio misterioso con aquellos artistas pensiles arriesgando el cuello en las alturas. Según las leyendas había sido el diablo en persona (cuyo nombre formaba uno de los étimos del nombre del Pillahuinco) quien había traído a los hombres el arte de la música. Pero no directamente. El diablo la transfirió a otras potencias intermediarias: lo diabólico, el arte, lo humano...

Al fin, los escasos aplausos que saludaban cada actuación se extinguieron y la multitud siguió comiendo sin prestarles más atención. En lo alto, ocultos en sus nichos de verdura, los artistas también roían las sobras. La plaza estaba llena de una heterogénea multitud. Todos sentados en el suelo o recostados sobre mantas o caronas. Caciques de todos los rangos, provenientes del amplio sector de la cuenca entre Carhué y Bahía Blanca, se habían presentado esa mañana para la feria anual de faisanes.

El cacique invitante era Calvaiú. Este año era su turno de hospedar y presidir la reunión máxima de los criadores. Sus ingenieros trabajaron meses preparando los corrales de exhibición, que los visitantes recorrieron durante la mañana, y en las afueras de la aldea habían alzado un anfiteatro oval donde se realizarían las ventas, momento que constituía el punto culminante de las ferias por las pujas que solía desencadenar la presentación de un faisán excepcional.

Ahora los invitados más prominentes almorzaban en un círculo junto a la entrada de la apadama, y el resto lo hacía esparcido por la plaza. Se asaron cientos de venados y aves dominicales, entre las que abundaban las charatas blancas que infestaban la zona, y todo el mundo se hartaba y bebía sin cesar los grandes espumantes de Calvaiú.

Como siempre que los magnates tenían oportunidad de encontrarse, el tema que inspiraba sus mejores conversaciones era el arte del dinero. Y como para estas ventas habían traído lo más fino de su producción, había suficiente material para comparar y anotar ideas. De tanto en tanto se alzaba de un grupo un tumulto de murmullos, que podían deberse a la exhibición repentina de un billete especialmente audaz, o una impresión de calidad fuera de lo común. Se hablaba de tintas, de papeles, de filigranas, de planchas, de mil miniaturas técnicas. En esta etapa de la civilización indígena, el único modo de lograr un adelanto era la invención de alguna novedad en el sistema del papel moneda, por lo que el ingenio de los ricos estaba siempre despierto, siempre a la pesca de novedades. Cada cual quería preservar su "margen de originalidad", pero a la vez hacía lo imposible por invadir los ajenos. Lo mantenían en movimiento constante, lo desplazaban, sobre todo, más allá del pensamiento para hacerlo intocable, como artistas.

Ema y dos de sus amigos se encontraban entre la multitud, sentados en una manta octogonal junto a una de las esposas de Calvaiú designada para responder a sus preguntas. El cacique proveía de azafatas a todos los que asistían con intención de comprar, no sólo por cortesía sino para asegurarse de que comprendieran el mecanismo de las puestas y gastaran tanto como se hubieran propuesto. Ya terminaban el almuerzo y estaban bebiendo y fumando. Bob había venido pintado enteramente con retículas negras sobre la piel, y una tira negra en el brazo en la que había prendido largas plumas rojas. El otro era su hermano Héctor, un joven sumamente delgado, de miembros aún lisos, infantiles, sin un gramo de pigmento en todo el cuerpo, pero del cuello para arriba toda la cabeza, incluso el pelo recortado como casco, pintado del rojo más brillante. Un rojo que no era el lacre opaco del urucum, sino vivo y metálico. Comieron con voracidad mientras Ema hablaba. Parecía importarles menos que a ella la concurrencia confederante que los rodeaba, las voces que crepitaban alrededor. Cada vez que pasaban los escanciadores se hacían llenar los cuencos de loza con vinos, aguardientes y un ponche blanco de perfume sobrecogedor.

Ema interrogaba a su anfitriona, quería conocer la procedencia de todos los caciques y representantes. Le interesaban las posibilidades que tendría cada uno.

—Algunos han traído infinita plata —le decía la india—. ¿Ves aquél sentado al lado de mi marido? Es el hijo de Mariano. Trajo monedas del crepúsculo en papeles de tigres y tortugas, cocidos en un pantano.

Los tres se volvieron para mirar. La ronda de primates alrededor de Calvaiú se mantenía en la inmovilidad más perfecta, como correspondía a sus rangos.

—Al lado de él, Quequén, su primo y cuñado. El vecino, un cacique sin nombre.

Iba a seguir, pero en ese momento algo llamó la atención de toda la plaza. De la tienda donde había estado durmiendo salió un indio corpulento, con gran tocado de ministro. La india le susurró a Ema que era un emisario de Catriel.

Fue acogido con zalemas por Calvaiú. Pero el desconocido, no bien estuvo sentado, se volvió a levantar y fue adonde estaba Ema. Todas las miradas lo seguían. Se sentó junto a ella sin mirarla, bizqueando horriblemente. Intercambiaron un par de saludos convencionales: se habían conocido durante la permanencia de la joven en

la corte. Cuando el indio volvió al círculo del cacique, la miraban con renovado interés.
—¿Quiénes son aquellos? —preguntó Ema.
La joven miró y le dijo:
—Cayé-San y Elpián. ¿No los conocías?
Eran, en efecto, los célebres hermanos, emplumados y pintados en exceso, bebiendo rodeados de mujeres.
—Varios de los ejemplares que trajeron sacaron premio.
—¿Entonces no van a comprar?
—Todo lo contrario. Los que presentan animales para la venta son los compradores más fuertes, por la sencilla razón de que tienen crédito ilimitado. Son los únicos que pueden llevar las posturas hasta cualquier cifra, sin preocuparse por el efectivo.

En ese momento Ema oyó un fragmento de conversación a sus espaldas:
—Cuanto más vivo —decía una voz— más me convenzo de que el sexo no lo es todo.

Se dio vuelta con discreción y vio que quien hablaba era una mujer de edad intermedia, majestuosa, con grandes tatuajes en el rostro. Fumaba un largo cigarrillo y estaba rodeada de hombres. Quizás fuera una reina, aunque eran raras. Las mujeres, por lo general, renunciaban al poder en el mundo salvaje, preferían la vida contemplativa. Interrogó con los ojos a su guía.
—Es Dedn —le dijo—, la reina aguaripayo.

Recordaba el nombre. La frasecita volante debió de ser irónica, porque Dedn era un famoso monstruo de lujuria.

La orquesta volvió a sonar, con sus desencuentros habituales, para indicar que comenzaban los brindis. Héctor y Bob se dormían sentados. Habían comido y bebido demasiado. Ema y la india, en cambio, se hicieron llenar las copas y siguieron conversando.

No lejos de donde se encontraban había un círculo de hermosas indias cargadas de collares y pinturas.
—Son las servidoras de Hebdoceo —le dijo.

Parecía suponer que Ema debía saberlo todo sobre este nombre, pero como no era así le dijo:
—Es un cacique menor, con una aldea minúscula en algún lado, pero dicen que es el más rico de todos. Es el dueño y descubridor

de las minas de azufre del Despeñadero y tiene uno de los criaderos más grandes.

Ema lo divisó entre sus criadas. Era un individuo de piel muy clara, con ligas de pedrería.

—Seguramente va a apostar muy fuerte por los campeones. Los ejemplares de este año son soberbios.

—Los vi —dijo Ema.

—Y no sólo Hebdoceo. Muchos les echaron el ojo. Sobre todo a Satélite...

Este nombre era el más pronunciado en todas las conversaciones de la plaza. Era el gran campeón de la raza Dorado y, según los entendidos, un ejemplar como hacía muchos años no se veía. Todos los criadores alimentaban la esperanza de hacer la puesta más alta esa tarde y quedarse con él.

—Pero no vinieron de las cortes occidentales —dijo pensativa.

—Por supuesto que no. Los reyes nunca se hacen representar en las ferias. Tienen otras fuentes.

La miró, interrogativa.

—Hay dos modos de conseguir ejemplares de raza —le explicó—. Para nosotros, estas compras. Una especie de artesanía, mejorar las aves con cruzas y limpias genéticas. Se compran y venden bienes y habilidades. En cambio los criadores de occidente...

Hizo una pausa. Miró a lo lejos, como hacían siempre al referirse, con las prevenciones habituales, a las cortes del oeste, a las que nadie había llegado nunca.

—Los criadores de occidente..., los reyes y el emperador... Ellos reciben los faisanes del occidente mismo. Allí no hay artesanía ni trabajo. Si lo hay, está más allá de la imaginación.

Ema comprendía. Se trataba del arcano que tanto cortejaban. La feria misma no era más que una alusión, velada y artificiosa, a las grandes combinaciones de faisanes del extremo del poniente.

En los bordes de la plaza había una hilera de caballos arrodillados. Una de las modas nuevas, según parecía; los indios eran unos eternos amanerados. Muchos tenían loros en el hombro. Los músicos seguían modulando, pero ya no los escuchaban. Ema no había pasado inadvertida. Más de un par de ojos oscuros se volvía para examinarla. La presencia de mujeres compradoras era rara. Cuando se corrió el rumor de que era blanca la atención se multiplicó. La cortesía que había tenido con ella el desdeñoso enviado de Catriel indicaba que estaba bien relacionada. Querían saber más.

La veían fumar con desenvoltura, miraban a los jóvenes que la acompañaban. Muchos caciques hicieron discretos tanteos. Sólo averiguaron que era una criadora reciente y que contaba con el apoyo de un jerarca blanco, impresor reciente también, aunque lleno de fantasías.

Un capitanejo pariente de Caful, Pinedo, decidió ir a saludarla.

–Buen día –le dijo–. ¿Ya ha admirado los bonitos pollos?

–Así es –le respondió Ema evasivamente.

Un instante más de charla, alguna "sonrisa seria" y Pinedo se alejó. Luego Calvaiú en persona la invitó a reunirse con sus allegados. Ema alegó que prefería ir a dormir la siesta.

–¿Le ha gustado nuestra musiquita?

Pero el almuerzo había terminado, todos los comensales se hallaban bajo el imperio perentorio del sueño. Atendidos con solicitud, los indios descabezaban la siesta recostados en mantas o alfombras. Algunos se fueron a acostar entre los árboles, apartando a puntapiés a los caballitos. El cacique, por su parte, despachó a sus asistentes a verificar que todo estuviera en orden en el sitio del remate.

Pasó un lapso indefinido de tiempo. El sonido de una campanilla de plata iba despertándolos. Unos breves retoques a las pinturas, un cigarrillo, y estuvieron listos. Se encaminaron en largas columnas, sin apuro. Todos los faisanes habían sido trasladados al subsuelo del estadio, levantado en un claro a doscientos metros del centro de la aldea. Ema fue una de las últimas en entrar. Había que introducirse por un arco y pasar debajo de las gradas hasta salir a la luz. Una pista oval, y a su alrededor las tribunas, que ya se llenaban con una multitud vistosamente decorada, chillona e impaciente.

Miró a su alrededor, la india le explicaba algo. Los dos pajes no quitaban la vista del suelo, con gesto desdeñoso. Se ubicaron en la primera fila.

En un extremo se abría la compuerta por donde saldrían los faisanes. En el otro, una torre de bambúes para el rematador. Las ofertas debían hacerse colocando el rollo de dinero sobre un pequeño pupitre rojo que había frente a cada asiento.

Bob tenía en la mano un programa con la lista de campeones y reservados, con ilustraciones. Esa mañana habían hecho una minuciosa recorrida estudiando cada ejemplar, y llenaron el cuadernillo de marcas. Les interesaban casi todos los ejemplares premiados.

Desde donde estaban tenían una buena visión del estadio. Los caciques y emisarios, una vez ubicados, parecían dormirse. Se envolvían en espesas nubes de humo de los cigarros y simulaban el mayor desinterés por todo lo que pasaba.

La pista estaba cubierta de arena gris, teñida especialmente para que resaltara el color de los faisanes. Empezaron a desfilar de inmediato, y al mismo tiempo se hizo oír la voz excesiva y el chorro velocísimo de palabras del rematador con su megáfono de cartón.

Quince días después, ya de regreso sana y salva con los faisanes, Ema terminaba su relato al comandante con estas palabras:
—Nunca había pasado una tarde con tantas alternativas. Pero no puedo decir que fuera una tarde absurda, enteramente. La falta de sentido parecía siempre a punto de desencadenarse, pero en el momento crítico no pasaba nada. Mejor dicho, no había momento crítico. Todo era repetición. Lo que suele llamarse "una tarde encantada", precisamente. En esos momentos uno piensa que el escándalo, inminente, hará tambalear el cielo. Pero los indios ignoran el escándalo. Porque es humano, es lo humano por excelencia.
—Aunque tiene una resonancia inhumana —la interrumpió Espina—. Yo he pensado en una civilización entera hecha de escándalo.
—Los últimos campeones se remataron casi de noche, en la oscuridad. El estadio, que había parecido durante toda la función una canasta suspendida en las nubes, ahora se volvía un *impluvium* excavado en el infierno, con la luz asomándose sólo por las líneas altas de las tribunas. Mis vecinos, ya sin más rollos de dinero, sacaban máscaras felinas de jade. Algunos se ponían cascos. Los más, con antifaces de dormir, negros, sin agujeros. Todo se había vuelto temible. Me pregunto cómo pude mantener la calma, pues habíamos ido demasiado lejos. Mis dos amigos desaparecieron, no volví a saber nada de ellos hasta el día siguiente. Se los habían llevado los sacerdotes. A esa hora, me dije, les estarían arrancando el corazón. Dormí en una de las apadamas del rey, un trapezoide de corteza pintada de azul. Uno de mis inquietantes compañeros de lecho me regaló la sortija.

Con una pequeña risa nerviosa le tendió el anillo de oro. El coronel la miraba fijamente. Hizo girar el anillo entre los dedos y lo depositó en el suelo. Durante un rato mantuvo una expresión concentrada sin hablar. Al fin suspiró y dijo:

—No termino de entender cómo se las arregló para salir con vida. No creo que ninguno de mis espías lo hubiese logrado. Habrían sucumbido a la sorpresa. Pero la indiferencia es una sorpresa mayor.

Se quedó pensativo un momento.

—A veces me pregunto si llegaremos a entender a los indios. La puerilidad sin límites. Entre ellos no se preocupan por ocultarlo. ¿Qué hacer? Nosotros nos ocultamos en masa, en cuerpo y alma, pero a ellos su posición de estetas les permite ocultarse con la presencia. Siempre están visibles. Como el dinero...

Ema asintió.

—Recién ahora lo comprendí. Aun cuando estuve dos años entre ellos. En la vida cotidiana la moneda es un instrumento apenas omnipotente. Aquí, en cambio, se mostró coronada de su divina inutilidad. Me daba escalofríos ver los rollos. Era evidente que el velo maravilloso (el dinero) que oculta todas las cosas, había sido descorrido. Las mascarillas son amuletos. Debían tener por función obturar los agujeros que se producen en la operación.

—¿Qué hicieron con ellas?

—Nada, salvo mostrarlas. Como le dije, las sacaron recién al final, al crepúsculo. El jade reflejaba la luz más escasa, la mezcla de día y noche.

—El dinero siempre ha sido un elemento disolvente. Pero la cantidad misma es disolvente. La cantidad de especies en el mundo disuelve la naturaleza. La cantidad de la naturaleza disuelve al ser humano. ¿Cómo no habría de ser un cataclismo el papel moneda, en el que la cantidad es todo y siempre está a punto de multiplicarse? En la civilización europea ha sido el sadismo lo que ha venido conteniendo las transformaciones. Los indios inventaron el teatro del dinero. Como suelen serlo sus mecanismos, éste tiene algo de contradictorio: un sadismo indiferente. Los indios siempre tuvieron el complejo sádico como principio social. Ahora están en un estadio distinto de la evolución de las representaciones. El sadismo es poder y placer; y sobre todo repetición. Según me parece a mí, ellos están más allá, en la repetición distinta. Han llegado al dinero que se acumula y aniquila al mismo tiempo. Nosotros estamos tan lejos...

Volvió a suspirar y terminó:

—En un criadero de faisanes.

Cambiando de tono:

—¿Ya han empezado el trabajo? ¿Dan resultado los reproductores?

Ema se encogió de hombros.

—Es demasiado pronto para asegurarlo. Viajaron con sedantes. Tuvimos que esperar unos días a que volvieran en sí, y algunos no se aclimataron bien: aquí tenemos mucha humedad. Pero sí, empezamos a trabajar. Lo primero fue fecundar a las hembras, pues ya empieza la puesta.

—Me gustaría echar una mirada.

—Por supuesto. Haremos una recorrida.

Lo había invitado a almorzar y estaban solos en una estancia de la mansión de Ema, sentados al estilo indio en una estera. Un papel inclinado hacía las veces de pared y techo, y dos biombos colocados en ángulo los aislaban del recinto donde comían unas criadas. Entre ambos tenían varias hileras de platos y vasos, de los que el coronel se servía con diligencia.

Ema tenía en brazos a la menor de sus tres hijos, una niñita de cuatro meses. Cuando se abrió el vestido para darle de mamar, el coronel no pudo reprimir un sobresalto de admiración ante el pecho de la joven. Era la imagen de la pureza. Pero recordó los rumores que se corrían sobre ella y habían llegado incluso al interior del fuerte. La juventud de Ema era una prueba consumada de su inocencia y lascivia. La falta de edad solía ser enigmática, pensaba Espina; faltan certidumbres. Aunque esos niños transpiraban deseo.

Entró una india con otra fuente de pichones y la dejó junto al coronel. Comió uno, de un bocado, y otro de inmediato. Los tomaba con dos dedos de cada mano por las patas y se los llevaba a la boca. De un mordisco arrancaba los muslos y pechugas y los masticaba despacio, humedeciéndolos con licor. Tenía al alcance de la mano una garrafa redonda con la que llenaba todo el tiempo la copa. Tiraba las carcasas vacías a una cesta.

Ema esperó a que la niña se durmiese para acostarla. Después comió un huevo. El coronel la felicitaba por sus becadas.

—Hemos encontrado caza muy abundante en los alrededores —dijo ella—. Becadas, codornices, pintadas, avefrías. Mis peones las cazan por deporte. Las corren hasta atraparlas. Me temo que desaparecerán con los faisanes, que son tan poco amistosos. Cuando empecemos a soltarlos, toda la fauna de la zona va a modificarse.

—¿Cuándo será eso?

—En la primavera tendremos dos mil faisanuchos listos para iniciar la vida salvaje.

El coronel silbó de admiración.

—Un número impresionante. ¡Qué importa que desaparezcan estas miserables gallinitas! El cambio vale la pena. ¿Y los jaguares, los pecaríes?

—En el terreno del faisán desaparece toda la caza mayor.

—De cualquier modo, me extraña que se proponga soltarlos.

—No serán todos. Apenas los necesarios para crear un cordón alrededor del criadero. Aquí trabajaremos, con la técnica india, sobre el grueso de los animales: inseminación, incubadoras y recría. Los ejemplares salvajes tienen otra función.

No siguió al notar que el coronel no le prestaba atención. Entraron con una fuente de fresas y descorcharon otra botella de champagne.

—¡Por los faisanes! —brindó Espina.

Había debido desprenderse el cinturón de tan hinchado que tenía el abdomen, y se le cerraban los ojos por efecto de la plenitud y el silencio. Cuando Ema le puso un cigarrillo entre los labios inhaló con fruición: el humo le llegaba muy frío a los pulmones, con un placer desgarrador. Era el perfecto dominio de los modales de Ema lo que creaba esa atmósfera. Desde el exterior llegaban gritos aislados de los faisanes, alguna risa o exclamación de los jóvenes, lejos, todo envuelto en ondas de gran silencio. Más aún, ya casi dormido creyó oír notas de un arpa india pero sin entender la melodía. En sus ojos las sombras formaban figuras. Un gato sonriente, de cabeza geométrica, una serpiente enroscada, un mono que mostraba los dientes, que eran dados blancos...

Cuando se despertó, Ema dormía recostada en la estera. Los restos del almuerzo brillaban transfigurados, y una copa o un salero de plata o una gota en una fruta concentraban aquí y allá algo de luz. En un tiesto había una planta de hojas palmeadas casi negras, con el reverso de felpa blanca, graciosamente curvadas hacia el muro de papel. Sus movimientos despertaron a la joven, que sonrió disculpándose.

—Me había quedado dormida un instante. —Se levantó y fue a ver a la niña—. Si usted quiere, ahora mismo podemos hacer la recorrida que le prometí.

—Nada me agradaría más —dijo el coronel llenando una copa.

Seguía entorpecido de sueño. Se desperezó, se puso de pie arreglándose la ropa, y salió detrás de Ema. El día seguía gris como a la mañana, pero más claro. Debía de haber llovido mientras almorzaban, porque se veían restos de agua en la hierba.

Frente a él la amplia vega despejada que bajaba hasta el arroyo, en cuya ribera se divisaban numerosos indios sentados o recostados. La brisa le traía una palabra o una carcajada.

Volvió Ema con dos tazas de café humeante y lo bebieron de pie. Detrás de ella salió Francisco, y detrás la niña mayor, que recién empezaba a caminar. Traía en brazos una muñeca desnuda con zapatos blancos.

—Vengan con nosotros —les dijo Ema cuando iniciaban la visita.

Rodearon la casa. Detrás, un espacio de casi cien hectáreas estaba cubierto enteramente de corrales. Sorprendía la cantidad de trabajo que había hecho en tan poco tiempo, aunque visto de cerca mostraba su precariedad. Todo eso, le dijo Ema, era provisorio. Cada día cambiaban la disposición de las cercas, según lo necesitaran. A vuelo de pájaro tuvieron un panorama del gran laberinto. Hileras de jaulas elevadas a un metro y medio sobre el suelo; globos de alambre tejido con casillas de papel; jaulas individuales con parasol; corrales abiertos con foso y bebederos; y cobertizos de palmas donde realizaban toda clase de tareas con las aves.

—Una visión gloriosa de trabajo —exclamó el coronel.

Hizo un gesto como si se propusiera decir algo más, que sólo fue:

—Pero quizás un examen más próximo nos revele los detalles más gloriosos.

Se acercaron en primer lugar a las bardas de un corral donde andaban sueltos varios ejemplares.

—¿Qué son? —preguntó Espina.

—Hembras, tenebrosas.
—¿Tenebrosas? ¿Por qué las llama así?
—Es el nombre de la raza. ¿No lo sabía?

El coronel quedó intrigado. Miró con detención a las faisanas, que se desplazaban en un silencio absoluto. Eran grises, parecían desteñidas. Bajo las plumas se entreveía un plumón muy negro, que justificaba el nombre. Ema le explicó que el color había sido logrado por los criadores muy laboriosamente. "El gris –le dijo– es lo mejor para la genética." Había comprado reproductores de esa raza en todas las variedades del verde-negro y el azul-negro.

—La oscuridad –le dijo– hace que absorban una gama peculiar de rayos solares. La carne resulta distinta, característica. Por la misma razón los huevos son rojos.

Le señaló los nidos. Desde donde estaban se veía un magnífico huevo escarlata.

—¿Por qué caminan con tanta dificultad?
—Todos los días les regamos el ovario. Supongo que estarán bastante irritadas.

Una mirada más atenta hacía evidente que a duras penas podían moverse, con las patas desarticuladas por el dolor, los cuellos tiesos. Y el silencio que le había llamado la atención era más efecto de la debilidad mortal que de la elegancia.

—¿No les hará mal?
—No creo. La puesta dura un mes y van a sobrevivir. Tienen el resto del año para reponerse. Las mantenemos despiertas de noche y están poniendo dos huevos diarios sin falta. Seiscientos huevos fecundados de esta sola raza.

El coronel alzó los ojos y no dijo nada.

Pasaron por otros corrales, donde el espectáculo era semejante. Ema le iba dando las explicaciones. De cada color tenían una docena de hembras que caminaban (siempre caminaban) con pasos temblorosos, casi todas en un estado de atonía más allá del dolor.

—No parecen faisanes –decía el coronel.

Ema se rió:

—El dimorfismo sexual es muy marcado. Cuando vea los machos los reconocerá. Las hembras no tienen moño ni cola.

—Parecen pollas.

Se detuvieron ante el corral de las Lady Armherst, pequeñas y frágiles como porcelana, los picos transparentes por el gasto de calcio de las dos puestas diarias.

–Hemos tenido que darles estimulantes para que se muevan.

–Me estaba preguntando por qué insistían en caminar.

Tenían las plumas pequeñitas como perdices. Blancas, con una que otra plumita aislada roja o azul o amarilla, lo que les daba aspecto desordenado. En animales menos agonizantes habría resultado cómico.

–Me gustan de todos modos –dijo el coronel.

–Su carne es de las más apreciadas.

Siguieron adelante. Con una exclamación admirativa, Espina hizo alto ante un elaborado semicírculo de jaulas individuales, cada una con su nido. En ellas estaban las gordas doradas, ya sin fuerzas para alzar los párpados.

–Tuvimos que aislarlas. Son caníbales.

–Parecen moribundas.

–Se agotan. Pero sobrevivirán.

–Lamentaría que fuera de otro modo. Cada una es una obra de arte, una joya.

El plumaje dorado uniforme brillaba tenuemente con el sol de la tarde.

–Espere a ver los machos.

–¿Dónde está el famoso Satélite?

–Ya lo verá.

El coronel le preguntó:

–¿Todas las fecundaciones se hacen por medios artificiales?

–Yo no usaría esa palabra. Tratándose de aves y razas desarrolladas in vitro, todo es artificial. Pero sí, siempre inseminamos con sistemas manuales. Es lo único seguro, teniendo en cuenta lo errático del impulso de los faisanes y la posición asimétrica de las cloacas. Sería absurdo confiarle a la naturaleza seres tan opuestos a ella.

–Ni por un instante, cuando veía a estas faisanas, pensé en la naturaleza.

–¿Quiere ver cómo lo hacemos?

–Por supuesto.

Lo condujo hacia uno de los cobertizos, un techo de palmas sostenido por pilotes que eran bananos vivos. Había mesas largas, con jaulas e instrumental y varios indios trabajando sentados en bancos altos. Se acercaron al más próximo.

—El coronel —le dijo Ema— tiene interés en ver el procedimiento.

—Nada más fácil de satisfacer —dijo el indio—, justamente estaba por sacarle unas gotas a este pajarito.

Señaló la jaula que tenía al lado. Adentro, muy apretado, se encontraba un soberbio macho mongólico que respiraba con un silbido. El coronel lo escrutó. Bajo el plumón oscuro sobresalían los músculos abombados del pecho. Un moño rígido le tapaba los ojos.

—Lo primero —explicó el joven— es atontarlo con una pastillita. Hace un rato que se la di, estaba esperando a que hiciera efecto. Veamos.

Metió entre los barrotes un lápiz y le pinchó el cuello. El faisán se limitó a mirarlo estólidamente.

—Por lo visto está fuera de combate. —Abrió la jaula y lo sacó—. Ven aquí, atentaremos contra tu honor, nada más, ja, ja.

El faisán lo dejaba hacer. Lo dio vuelta y apartó el plumón, dejando al descubierto el redondo testículo.

—¿Qué le parece? Ya está cargado. Todos los días a esta hora lo exprimimos.

—¿Todos los días le sacan el semen? —preguntó Espina.

—Así es. Los faisanes de raza son bestias muy sensuales. Han adaptado el hígado para precipitar el esperma. Ahora verá qué fácil es sacárselo.

Ensartó un finísimo tubo de goma en el tajo que había en la base del testículo y lo introdujo lentamente un par de centímetros.

—Ya está. Ahora bombea solo.

En efecto, el tubo comenzó a llenarse de líquido blanco que manaba a pulsaciones y caía en una esfera transparente del tamaño de un dedal. Siguió fluyendo durante un minuto. El joven desprendió el tubo de un tirón y devolvió el faisán a la jaula. Tenía los ojos en blanco y la cabeza le colgaba como un guiñapo.

—Parece muerto —observó el coronel.

—No se preocupe. Siempre queda así. En unas horas va a estar en pie.

Alzó la esfera y la miró al trasluz.

—Material de primera. Solamente con esto podríamos fecundar dos millares de huevos si tuviéramos hembras suficientes. Por el momento nos basta con fraccionarlo en gotas, que es mucho más sencillo.

Abrió un frasco y vació sobre una bandeja pequeños glóbulos de azúcar. Pasó el semen a un gotero curvado y puntiagudo y fue empapando los glóbulos hasta que se agotó. Contó los que había mojado.

—Cuarenta. Una buena provisión. Estas bolitas mantienen su eficacia dos días nada más.

Las metió en un frasco que cerró herméticamente, y le pegó una etiqueta con un número en clave.

—¿Cómo utilizan esos glóbulos? —preguntó el coronel—. Creí que se trabajaba con materia líquida.

—No —le dijo Ema—. El líquido es muy engorroso. Venga a ver. Allí están fecundando a unas hembras.

Se acercaron a otra mesa. El trabajo con las faisanas eran mucho más difícil y pintoresco, ya que no podían drogarlas: la baja de presión que provocaba el tranquilizante hacía imposible la fecundación. Cuatro indios manipulaban plateadas y orejudas. Lejos de la mansedumbre de sus maridos, las faisanas se agitaban y tiraban picotazos. Los operarios hacían su trabajo con eficacia, pero tenían en los brazos marcas de la ferocidad de sus pacientes. Debían trabajar con las manos expuestas, porque los guantes habrían entorpecido el manejo tan fino.

Rodearon a un indio que abría la jaula de una subplateada. Haciendo caso omiso de sus gritos y aletazos la dio vuelta y la acomodó contra el borde de la mesa, con la cabeza colgando. La faisana abría y cerraba los dedos con furia.

—Caliente como una cotorrita —dijo el indio riéndose.

Puso los dedos sobre la cloaca para apartar el plumón. Con gran pericia entreabrió la vagina y señaló la cámara calcífera.

—Aquí está el oviducto.

Era un canal blanco cartilaginoso. Lo dio vuelta como un guante, dejando visibles los folículos de Graaf, de los que saltaban todo el tiempo pequeños óvulos. Parecía el reverso de una seta, rosado y húmedo. A juzgar por los estremecimientos, era evidente que esa anatomía no estaba preparada para soportar el contacto con

la atmósfera. El indio apuró sus acciones. Con una pinza depositó entre las hojuelas un glóbulo, que vieron disolverse en cuestión de segundos.
—Eso es todo —dijo. Dio vuelta el oviducto, dejó que la vagina se cerrase por sí sola con un chasquido, y puso cabeza arriba a la faisana. Tenía los ojos inyectados, le temblaba el pico. Ya no podía gritar. En la jaula se desplomaba una y otra vez.
La operación no había durado más de un minuto. Espina estaba pálido y le temblaban las rodillas.
—¿No es demasiado cruel? —le dijo a Ema mientras se alejaban.
—Todo es cruel —le dijo ella—. Pero qué importa. Es difícil llegar a aceptar a los animales. Salgamos. Nuestro pequeño taller no lo ha divertido.
—Es que hubo algo lúgubre en esa faisana...
Lo tomó del brazo y salieron. El coronel estaba cubierto de sudor frío. Entre corrales y lavaderos se encaminaron hacia las grandes faisaneras enclavadas en la colina, ya cerca del bosque. Una vez que el aire fresco lo hubo tranquilizado volvieron a conversar.
—¿Cuántos faisanuchos obtendrá en total?
—El último día de la puesta tendremos cinco mil huevos fecundados.
—¿Y piensa soltar dos mil? No veo con qué propósitos. ¿No sería más práctico mantener la producción aquí, bajo control?
—Creí que no le había gustado.
—Reconozco que es eficaz.
—Mi propósito es llegar a tener cuarenta mil faisanes en libertad. Los dos mil de esta primavera serán el principio.
—¿Por qué cuarenta mil?
—Es el número crítico. Una sociedad de esas dimensiones crea lo que los faisanistas llaman la "ecología estúpida". Entonces serán innecesarias estas manipulaciones que le parecieron tan malvadas. Lo que ha visto no es más que la prehistoria del criadero.
—¿Y cuánto tardará en lograrlo?
—Cuatro años. Quizás cinco.
—Todos esos animales, ¿no serán demasiados?
—No podrían ser menos. La cantidad significa un mundo natural de faisanes. Lo cual tendrá un doble efecto: para nosotros perderán

todo precio, y consiguientemente para los compradores serán muy caros, exorbitantes, como elementos de la naturalidad más lejana..., como rocas lunares, por ejemplo.

Aguardó un momento a que el coronel digiriera la premisa. Después siguió:

—Mi propiedad será entonces un ecosistema, como los criaderos indios: fuentes de riqueza infinita, pero tan próximos a la riqueza que se vuelven invisibles y los propietarios tienen la ilusión de ser muy pobres, los seres más pobres del universo. Ya lo verá.

Habían llegado a las construcciones donde vivían los machos, rigurosamente aislados. En cada una se había propasado la fantasía arquitectónica de los jóvenes albañiles. La mayoría estaban formados por un minarete en forma de cigarro, ligeramente inclinado hacia el occidente, y el cuerpo de la faisanera semienterrado, irregular. Las cercaba un flojo encaje negro de alambre. Frente a las puertas oscuras veíanse restos de aves o ratones medio deshechos.

—Los alimentamos con presas vivas —dijo Ema.

—¿Pero dónde están?

—Son muy discretos. Les disgusta ser vistos, sobre todo si sospechan que son objeto de diversión. Pero creo que podrá ver alguno. Allí hay un egipcio comiendo.

Ver a un real macho moviéndose en libertad en un espacio constituye una experiencia inolvidable, por el desequilibrio de la cola, larga como un sable, y la pequeñez inconcebible de la cabeza. Sea cual sea su grado en la jerarquía de razas y familias, el faisán siempre tiene algo de materialización.

Espina los miraba en silencio. Extasiado en sus pensamientos, no podía atender lo que le decía su amiga. Cuando pasaban frente a un zigurat desierto salió de la embocadura un cólquido amenazador. Caminó hasta el alambre tejido y le dio un picotazo. Una bestia brillante, con las rectrices rojo profundo y calva negra lustrosa. Tenía dos glóbulos de mica oscura protegiéndole los ojos.

—Hemos tenido que ponerle anteojeras —le explicó Ema—. La producción constante de semen le ha debilitado las retinas, la luz le hace daño.

—Es lo que me faltaba ver —se rió Espina.

—Todavía no ha visto a nuestro ejemplar estrella...

—¡Es cierto, el famoso Satélite! ¿Dónde está?

Lo llevó por un sendero de lajas azules hacia una faisanera apartada de las demás, en lo alto de la loma. La torre, mayor que las otras, se inclinaba peligrosamente, el refugio se hundía a considerable profundidad; el espacio cercado con tiras de tejido estaba cubierto de restos de animales, carroña polvorienta. En un primer momento no lo vio. Después lo tomó por una rata. Estaba desgarrando los restos podridos de un estornino. Resultó un ser tan curioso que justificaba la expectativa. Muy lejos de toda apariencia convencional de faisán, no tenía cola, y la caja ósea era tan abombada que le daba aspecto de jorobado. El coronel había quedado al fin sin palabras.

—¡Pero no es dorado, es gris!

Ema se rió.

—Todos dicen lo mismo al verlo por primera vez. Espere a que se mueva.

Se sacudía tironeando de su presa. Pero recién cuando se dirigió con pasos trémulos al bebedero, el coronel advirtió que lo que había tomado por gris era en realidad el matiz más secreto del dorado. Entusiasmada, Ema le decía que había inseminado con su producción a las cincuenta hembras doradas que tenían. Muy pocos criadores, incluyendo algunos reyezuelos, tenían un reproductor de tal calidad.

El coronel estuvo largo rato pegado a la alambrada, sin quitarle los ojos de encima.

—Vamos —le dijo Ema—. Hay algo más.

Lo llevó hacia la barrera de árboles más próxima, tras la cual se abría una pendiente muy pronunciada. Abajo, el meandro del arroyo formaba piletas cuadradas, sobre las que habían hecho corrales sumergidos, plataformas y pasadizos. Todo lo necesario para bañar a los faisanes.

—El sistema —le explicó— está calcado de los baños ingleses de ovejas. Aunque a primera vista faisanes y ovejas no podrían ser más distintos, tienen la misma aversión al agua y emplean los mismos trucos para evitar que los mojen.

Bajaron hasta la mitad de la ladera y se sentaron en rocas. El espectáculo que se desarrollaba en el fondo del anfiteatro les llenaba los ojos. Una decena de muchachos indios se zambullían y atrapaban a los faisanes en el agua, los hundían con salvajismo, se trababan con ellos en torpes combates anfibios, salpicando de modo atronador.

—¡Pero es una locura! —exclamó el coronel entre carcajadas—. ¡Van a matarlos!

—Nada de eso —le dijo Ema en tono soñador—. Mire bien.

Entonces observó el juego en silencio... Poco a poco le pareció introducirse en un sueño o en una escena ultramundana. El agua hacía brillar a los peones y faisanes que se debatían. Sintió crecer en él un extraño desasosiego, la intranquilidad, el deseo súbito. El criadero era un juego de niños, sin consecuencias. Lo sobrecogía. Encarnaba a la sodomía. Un solo paso en falso podía conducirlo a la aniquilación.

Espina no era tan inocente como para creer que en cualquiera de las vidas posibles que habría podido vivir estaría sentado allí, mirando a esos kurós desnudos y sintiendo esos anhelos. Sabía que su Sodoma personal era una suma de innumerables circunstancias, que cristalizaban al fin en el instante eterno de su sexuación como individuo. Pero la realidad misma no era otra cosa: una escena casual.

Promediando el invierno comenzaron los primeros nacimientos, y en una semana el primer contingente de faisanuchos estuvo alojado en los jaulones de recría. La rutina, una vez establecida, fluía con naturalidad, de modo que pudieron relajarse después de meses de trabajo ininterrumpido. Los jóvenes descubrieron que el esfuerzo los había agotado. Tanto, que apenas atinaban a pronunciar palabra; cada paso se les hacía gigantesco; el transcurso mismo del tiempo les pesaba. Además, la veían fatigada a Ema, en avanzado estado de gravidez; estaba demacrada, con ojeras. No comprendían cómo seguía adelante. La necesidad de vacaciones se les hizo patente. Y como en el actual estado de cosas el criadero podía subsistir con una guardia mínima, nada se los impedía, así que decidieron irse a descansar en algún sitio pintoresco, en la época más pintoresca del año. El frío predisponía a la inacción.

No les dio trabajo convencerla. Desde hacía un tiempo ella acariciaba el mismo proyecto. El humor invernal la llevaba a esas ensoñaciones. Sobre la vida cotidiana había caído un ligero manto de tedio, quizás producto de la descompresión. El restaurador más radical era un viaje; y hundirse, a lo lejos, en un descanso de piedras. Al despertarse por la mañana y oír el graznido de algún faisán, amortiguado por la nieve, la invadía el desasosiego. De modo que cuando Bob Ignaze le contó lo que pensaban sus peones, asintió graciosamente. Le dijo:

–He estado reflexionando, y ya tengo una idea de cuál podría ser nuestro destino. Si están de acuerdo, nos pondremos en marcha sin demora.

—Supongo —dijo Bob— que se tratará de Carhué, esa fatalidad para vacacionistas.

—De ningún modo. Está demasiado lejos. Para llegar perderíamos más tiempo del que podemos permitirnos. Y hay otras razones: la isla siempre está atestada y preferimos un lugar tranquilo. He pensado en uno como hecho adrede para un mes de letargo. Y no lo conozco, ni ustedes, creo, así que de paso ampliaremos nuestra geografía. Un lugar con mucha historia, que ahuyentará posibles vecinos.

Hizo una pausa para saborear la intriga que había creado. Bob la miraba, perdido.

—Las cuevas de Nueva Roma —le dijo.

Los rasgos del joven se iluminaron.

—¡Perfecto! —exclamó—. ¡Debió habérseme ocurrido!

—¿Pero querrán ir? La historia de la montaña es siniestra.

—Por supuesto. Esas leyendas no cuentan.

Bob se consideraba parte de una minoría ilustrada, inmune a la superstición. Su entusiasmo fue completo. Salió de inmediato a dar la buena nueva. En unos pocos instantes, las famosas cuevas en las que nadie pensaba nunca y que muchos ni siquiera habían oído nombrar, fueron el tema obligado de todos los pensamientos. Ema había estudiado todos sus mapas. El lugar elegido estaba al sur, a dos o tres días de marcha. Las cuevas eran la única reliquia sobreviviente de la colonia de Nueva Roma, punto de peregrinación de las generaciones de indios posteriores a la masacre, hoy día hundidas en incertidumbres legendarias. Excavadas en las laderas de los montes de la bahía blanca, debían tener una vista espléndida, y el aire marino, en pleno invierno, sería el tónico ideal para sus humores tan distraídos. Uno de los obreros afirmó haberlas visitado de niño, y los entretuvo con fantásticas descripciones.

Estarían en total veinte días fuera del criadero, a partir de la próxima quiebra de huevos en luna llena. Nada los ataba: el ritmo de vida de las aves era lentísimo, sus reacciones tardaban tanto que la observación misma se hacía irritante. Sólo una vez al día había que repartir alimento, y no había alimañas ni insectos que alejar. En el aire limpio los faisanes se limitaban a caminar por la nieve con aire ausente, dejando una hilera de rastros estrellados. Todo era tan fácil que con cuatro o cinco que se quedaran la instalación estaría bien atendida. Hubo voluntarios, quizás temerosos de ir a las cuevas.

–¿Qué habrá que llevar? –decían.

El equipaje era mínimo: bolas de urucum, arcos y flechas, hierba y papel para cigarrillos, bebidas y algunos objetos pequeños: vasos de cerámica, linternas, etc. En cuanto a los caballitos, inactivos desde largo tiempo atrás, gordos a más no poder, lustrosos de tan cepillados, estaban más excitados todavía que sus amos. Al principio tendrían que ir despacio porque estaban muy fuera de forma. Los días previos a la partida los hicieron correr por la ribera y a los pocos pasos se detenían jadeando de modo impresionante. Es que tenían las panzas redondas de tanta avena y alfalfa, y de pasarse los días durmiendo.

–¿Cómo es posible? –decían escandalizados–. Ojalá no encontremos a nadie por el camino. Con estos caballos seríamos el hazmerreír.

Pero otros, y Ema entre ellos, los veían elegantes. Dijo que en las cortes era común ver caballos así de gordos o más.

Pasaron unos días. La luna se hizo redonda y los huevos estallaron en las incubadoras y asomaron los pollitos, rojos como gotas de lacre gritando sin cesar, tragando todos los granos que les daban. Era lo que esperaban para irse. Además, empezó a nevar.

Salieron al otro amanecer y viajaron toda la mañana sin hablar, sin apurarse, en línea recta al sur. Para el mediodía ya se habían alejado del terreno conocido. Empezaban a sentir el sabor de la disponibilidad y el silencio. La misma Ema lo sentía. La nieve que caía sobre su sombrilla era pureza. La frescura, el sentimiento de renovación, volvía a arrojarla, como lo había hecho tantas veces en el pasado, a un mundo vacío.

Se detuvieron a almorzar las aves cazadas en el camino en la orilla de un arroyo desconocido. ¿Adónde estarían? Los mapas no registraban esa corriente. Pero se alejaban de la cuenca del Pillahuinco, por lo que todo les resultaría distinto. Después de la siesta volvieron a ponerse en marcha, ahora hacia el sudoeste, haciendo un rodeo para evitar las sierras. Durante toda la tarde, que fue más larga de lo que esperaban, marcharon en silencio, casi dormidos. Los caballos iban sonámbulos. Atravesaron landas blancas, extensas, en las que volaba a veces un gavilán, bajo nubes plomizas. Cuando no quedaba más que un hilo de luz acamparon junto a otro arroyo, entre fortificaciones naturales de piedra. Lo primero que hicieron fue desarzonar a los animales y alojarlos al reparo de los murallones. Al instante se habían dormido. Ellos, en cambio, no tenían pizca de sueño: barrieron la nieve de la piedra, encendieron fuego para hacer café y té. Una partida salió a cazar en la oscuridad. Antes de que saliera la luna era muy fácil atrapar a los lobitos de río. Había amenaza de tormenta, pero no se concretaba. Fue pasando la noche. A veces lentos relámpagos atravesaban el horizonte. De a ratos caía nieve.

Poco antes del amanecer hubo una hora de silencio y liviandad, que hizo que todos se durmieran. Los primeros en despertarse se levantaron, sigilosos, montaron en pelo a los caballos y salieron a dar una recorrida. Los había intrigado la naturaleza fantástica de la región. En unas terrazas, no muy lejos, encontraron un zorro, negro como el demonio, grande como un ternero, con el hocico en punta, la cola como la de un oso hormiguero, y ágil como un pájaro. Apenas les dio tiempo para verlo, en la penumbra de la hora. Lo miraron correr por las plataformas heladas, voluble.

El segundo día de viaje fue más vivaz, intercalado con episodios de caza y visitas a ruinas. Dejaron atrás las sierras, entraron en una tundra helada. Los caballos se hundían hasta el pecho en la nieve. Con las panzas redondas dejaban una rastrillada muy peculiar.

Vieron un hidrofaisán, muy conspicuo. Durante un rato los siguió una bandada de gaviotas.

Los sorprendió la noche en pleno descampado. Las nubes se espesaron, oscureció. Se quedaron donde estaban. Algunos decían que podían ver, no lejos, las alturas. Tuvieron que esperar a que saliera la luna para comprobarlo. Allí estaba la gran sombra. Se encontraban prácticamente al pie de la falda. Se durmieron profundamente, como muertos.

A la mañana siguiente, la impaciencia era tal que no se detuvieron más que a tomar una taza de café.

Como suele pasar, el farallón estaba más lejos de lo que había parecido. Pero les agradó que el trayecto se prolongase un poco. Se preguntaban dónde estarían las cuevas. La roca parecía compacta, cerrada. ¿Las ocultarían los arbustos? ¿Se habrían derrumbado?

Un paso más y las vieron, a media altura: una redonda, la otra en forma de corazón. Despejadas, dos bocas negras allá en lo alto. Parecían esperarlos. La soledad era absoluta.

Bob llevaba su caballito al lado del de Ema.

—Pues bien —le dijo— aquí estamos, frente a las cuevas trágicas. Nunca creí que llegaría a conocer la montaña.

—No parece muy amistosa. ¿Cómo subiremos a las bocas?

Le señaló unas veredas serpenteantes cavadas en la piedra, con trechos de escalones. Ema los observó con desconfianza.

—¿Podrán subir los caballos?

—Me temo que no. Es demasiado empinado y angosto.

Una chica que iba cerca dijo:

—Según la leyenda, el caballo fantasma del coronel Olivieri entra y sale todas las noches.

—Los espectros han de ser más ágiles que nuestros corceles gordos.

Miraron la soledad.

—Todo parece muerto. ¿Será posible que nunca venga nadie? Por lo menos vamos a estar en paz.

—Allá arriba, debe ser muy silencioso.

Otros parecían preocupados: se preguntaban si habría caza. No veían un solo pájaro.

—No existe lugar donde no haya caza —dijo Bob—. La montaña está llena de cabras y cochinos. Y del otro lado está el mar. La playa se cubre de almejas y cangrejos todas las mañanas, ya verán.

Al llegar hicieron entrar a los caballos en una especie de corral de piedra en ruinas. Les cerraron la salida con troncos. Adentro crecía el hibiscus, donde no llegaba la nieve. Los vieron mordisquear, echarse a dormir.

Los escalones estaban cubiertos de nieve y bajo ella un hielo gris traicionero, de modo que debían subir muy despacio, Ema del brazo de Bob. Los niños, pese a todas las recomendaciones, se lanzaron arriba a la carrera, por el borde continuo. Pero cuando llegaron a las bocas no se atrevieron a entrar. Los adultos también se detuvieron a recobrar la respiración. Estaban a cien metros de altura, en un gran balcón redondo. Podían ver una llanura extensa, nevada. En el horizonte, un ribete oscuro indicaba el bosque, interrumpido por los perfiles azules de las montañas. Abajo, como juguetes grises, los caballos. Un frío profundo, aire sin peso. No soplaba brisa. Se volvieron. Estaban en los umbrales, ante la oscuridad.

—¿En cuál entramos primero? —preguntó Ema.

—La del corazón parece más acogedora.

—Por eso mismo visitaremos antes la otra. Fue el calabozo. Apuesto a que nos quedaremos en el corazón, pero vale la pena dar un vistazo general.

Encendieron lámparas de papel, invisibles allí afuera, y se internaron de la mano por los corredores. Ciegos al principio, el ojo cedía poco a poco a las insinuaciones sombrías. Percibían olor antiguo de hongos. La piedra estaba tapizada con todas las variedades de musgo, tan abundante en algunos sitios que formaba bolsas. Las arañas tejían sin ser molestadas, desde hacía muchísimos años. Miraban a los intrusos con sorpresa plácida.

Más adentro vieron los grillos herrumbrados, en la piedra, que los "oficiales del rey Bomba" habían usado para sofocar las frecuentes insurrecciones en la colonia. Pesados, sobrehumanos.

Los ambientes estaban sumidos en la tiniebla total. Las linternas temblaban y suspendían el resplandor cerca de los techos. Creyeron ver manchas de sangre.

Donde el musgo se había caído, veían dibujos hechos a punta de piedra, jeroglíficos, en una aureola alrededor de cada grillo, donde había languidecido un preso.

—Según he oído —dijo Ema—, esta cueva y la otra están comunicadas por pasadizos.

—Por supuesto. Esa fue la clave del éxito del motín. Pero podríamos pasar días enteros hasta dar con la conexión. Lo más práctico sería salir y volver a entrar en la otra.

Así lo hicieron. La cueva con entrada de corazón era mucho más amplia, menos opresiva. Una gruta natural: se habían limitado a cavar los pasadizos o ampliar alguna puerta. La montaña hueca. Había sido la morada personal del malvado coronel y su esposa, razón de la alegoría de la entrada. Ella había venido de Europa sin conocerlo, y fue degollada junto a él la noche de la rebelión.

Aquí las sensaciones de los turistas eran diferentes, de un romanticismo menos truculento que en la anterior. De un tubo recto salieron a un salón de más de veinte metros de altura. Por los repliegues de roca del techo venía una claridad indirecta, que hizo inútiles las linternas. Luz de piedra, inmóvil. Por numerosas aberturas se pasaba a otros cuartos más pequeños.

Les gustaba. Se quedarían allí, ya que estaban cerca de la salida y abrigados. La altura y las grietas invisibles del techo les permitían encender fuego. El suelo de roca era cálido, lo sentían a través de las esteras. Quizás la montaña era un volcán, contenía fuego. El viento no se oía.

La gran cúpula atrajo el humo de los cigarrillos. Al subir formaba figuras extrañas, fugaces. Los niños corrían por las galerías, jugando a las escondidas. Oían con apacible compulsión el aliento de los amigos. Todo indicaba que el descanso sería perfecto.

Asaron las perdices que habían atrapado al alba, después casi todos se durmieron. Pasadas varias horas salieron a recorrer las galerías, otros jugaron a los dados. Otros volvieron a dormir.

Ema se despertó a la media tarde. Durante un momento no supo dónde estaba, miró las bóvedas fundidas en delicada luz blanca hasta que volvieron las imágenes: el viaje sobre los caballitos gordos, las cuevas colgadas de las nubes.

A su alrededor estaban sentados, preparando la merienda. Le dijeron que se había desatado una tormenta de nieve. Cuando tomaba una taza de té aparecieron los exploradores, llenos de excitación. Habían encontrado la salida del otro lado de la montaña, desde la que se veía el mar. Les comunicaron a los demás la urgencia de ir a ver. Los niños se escabulleron como ratones en la dirección que señalaban. Los demás los siguieron.

Caminaron largo rato por corredores interminables. Como no habían traído linternas debían avanzar en la oscuridad a veces, siguiendo el ruido de los pasos. El suelo mantenía el nivel. Al fin, en un recodo apareció una luz seca, que aumentaba de intensidad en cada estancia. Se detuvieron en un gran salón rectangular: la pared del fondo no existía, era un cuadrado tan deslumbrante que apenas se dejaba mirar. Fueron hacia él. Los paralizó la admiración.

La montaña terminaba, se abría sobre el vacío, a una altura superior a las entradas del norte. No había parapeto. Pero sentados en el suelo, a dos metros del borde, podían ver un paisaje con el que ninguno de ellos había soñado nunca.

Nada interrumpía la visión. Una playa inmensa y desierta, blanca de nieve, y a lo lejos el mar, la famosa bahía, que ahora más que nunca merecía su nombre de "Blanca". Todo era blanco, el cielo y la tierra. La nieve caía sobre las olas, de las que no percibían más que la agitación. Ni un solo pájaro cruzaba el espacio. Las nubes formaban una película pulida.

Suspiraron, sin hallar nada que decir. El blanco les había reducido las pupilas al mínimo. Encendieron cigarrillos y se quedaron allí hasta el anochecer, entre sueño y vigilia. Cuando empezó a apretar el frío volvieron al abrigo de los salones internos. Con todo el laberinto para ellos, se dispersaron.

—Mañana podremos bajar al mar —dijo Ema.

Todos querían cabalgar por esas playas que habían entrevisto desde lo alto.

Jugaron a los dados, bebieron y fumaron, olvidados de la hora, hasta que el sueño los fue desvaneciendo.

En cierto momento de la noche (o quizás de la mañana, era difícil saberlo) Ema se despertó. Sentía revolverse adentro el niño. Los fuegos se extinguían, a su alrededor todos estaban dormidos. Se levantó y salió caminando al azar por alguna de las galerías. Por momentos la oscuridad se hacía muy densa, después el resplandor de un fuego o lo que quedaba de él, cerca del cual, en algún aposento secreto, dormía alguien. Oyó suspiros apagados, risas sin sonido. Se asomó a un arco esbozado en resplandor rojizo, vio una pareja abrazada en una estera. Junto a ellos, una lámpara de papel del tamaño de un dedal. No la vieron, siguieron con sus juegos, que probablemente había interrumpido mil veces ya el sueño.

Volvió lentamente y tomó el rumbo que llevaba a las bocas del norte, por donde habían entrado. Era de día, el sol había salido tras nubes blancas. Abajo se movían los caballitos en el corral. Alzaron la cabeza: debían sentirse solos.

A la tarde, cuando bajaron para ir al mar, los recibieron con relinchos alegres. Montaron y dieron la vuelta a la montaña. Ema, que se acercaba al mar por primera vez en su vida, olía el aire con voluptuosidad. Pasearon por la playa hasta que oscureció. A partir de entonces fueron cotidianamente a cabalgar, y hasta se bañaron protegidos por una doble capa de grasa.

Un día, Ema y cuatro o cinco amigos habían salido, los caballitos trotaron por la arena mezclada con nieve resoplando de gusto. Después de la nevada de la mañana se había levantado la bruma –que no ocultaba nada, ya que no había cosa alguna, salvo la blancura–. Los animales escrutaban con ansiosa curiosidad, como si se hubieran propuesto descubrir seres nuevos en lo invisible. Pero de pronto hombres y animales percibieron a lo lejos unas sombras móviles, blancas contra el blanco, jinetes. Debían haberlos visto a su vez porque retrocedieron.

Siguieron adelante, y los otros seguramente pensando que era poco amable ocultarse, se quedaron donde estaban. Unos pocos hombres, montados en caballos mojados, como si salieran del mar. Los debían haber estado lavando. Engrasados de pies a cabeza, brillaban sobre el pelo mate de las bestias. Recién al estar muy cerca vieron que eran cinco jóvenes y un viejo, en el que Ema reconoció a uno de los caciquillos del sur, amigo del coronel Espina. Quién sabe qué hacía por allí. Él también la reconoció. Vino a saludarla con la característica zalamería, sin mirarla a los ojos.

–¿Le extraña verme aquí?

–¿Por qué?

–Una legua más allá tenemos el campamento. Había salido a varear unos potros.

Eran todos pura sangre. El cacique señaló uno blanco, montado por un niño bizco con flequillo.

–Ese tomó agua de mar, así que se va a enloquecer.

Soltó una carcajada. Los jóvenes miraban con sorna los caballitos gordos.

La invitó a visitarlo ahora mismo, a tomar algo. ¿Adónde estaban ellos? No dijo una sola palabra cuando le respondió que paraban en las cuevas de Nueva Roma. Por nada del mundo habría ido.

El campamento, al que llegaron en media hora de marcha, al paso, consistía apenas en unos toldos de papel cubiertos de nieve y medio centenar de hombres y mujeres, todos familiares del cacique. Se encontraban muy cerca de la costa; más de una noche, les dijeron, los había despertado la marea. El agua de mar a esa hora de la madrugada, agregaron, era caliente, lechosa. Estaban todo el tiempo embadurnados con grasa pesada y transparente, que almacenaban

en un barril. Les regalaron un pote a cada uno. Decían que era de ballena. Bebían sin darse respiro. Jugaban con dados de plumas, miraban láminas. Una reunión densa, llena de secretos y sadismo. El cacique tenía la voz ronca. Se hablaba licenciosamente. Le preguntaron por sus hijos, por el criadero. Ema lo invitó a conocerlo.
–Quizás algún día vaya –dijo el cacique– si es que vivo. Quizás una de estas noches la marea suba y no me despierte nunca. Estaba borracho. Cuando se despidieron era de noche. No bien entraron a la cueva se desencadenó una tormenta que duró varios días. Cazaron armadillos o equidnas en las cuevas. Dormían muchísimo. Se pintaban con todo cuidado. Se sentaban a fumar en el salón abierto sobre la bahía, mirando las olas que alzaba la tempestad, y pensaban o dormían.

21 de octubre de 1978

ÍNDICE

PRÓLOGO
Sandra Contreras..7

EMA, LA CAUTIVA
César Aira...23

Serie de los dos siglos

Facundo
Domingo F. Sarmiento
Prólogo de Carlos Altamirano

Radiografía de la pampa
Ezequiel Martínez Estrada
Prólogo de Liliana Weinberg

La cautiva
El matadero
Esteban Echeverría
Prólogo de Carlos Gamerro

Ema, la cautiva
César Aira
Prólogo de Sandra Contreras

Realismo y realidad en la narrativa argentina
Juan Carlos Portantiero
Prólogo de María Teresa Gramuglio

Los dueños de la tierra
David Viñas
Prólogo de Aníbal Jarkowski

Se terminó de imprimir en el mes de mayo de 2011,
en los talleres de **GAMA** Producción Gráfica SRL,
Estanislao Zeballos 244 (1870), Avellaneda - Pcia. de Buenos Aires.
Tirada 2000 ejemplares.